新潮文庫

透明な迷宮

平野啓一郎著

新潮社版

10649

目次

消えた蜜蜂　7

ハワイに捜しに来た男　37

透明な迷宮　47

family affair　99

火色の琥珀　151

Re：依田氏からの依頼　183

透明な迷宮

消えた蜜蜂（みつばち）

その当時――というのは、丁度冷戦が終わってバブルが崩壊した頃だが――、僕は山陰地方のとある小村に一軒の家を借りていた。今はもう、市町村合併で名前も変わってしまった村で、知らない人に話しても、へー、と聞き流されるだけだが、その辺りに詳しい人なら、なんでまたあんな所に？と驚くような、とにかく何もない土地だった。

理由は、僕自身の体調の問題なので詳しくは書かない。僕みたいな、文明のお先棒を担いで日夜計算ばかりしている類の人間は、自然の中で休息することを知らなければならないと、そこに縁のある知人が、ただ同然の空き家を紹介してくれたのだった。最初は月に一度くらい、何もせずぼんやりするためだけに足を運んでいたが、段々頻繁になって、長い時には三月もまとめて滞在することがあった。

山があり、小川があり、田んぼがある。空気が澄んでいて、青い空には、その質朴な表情のように雲が浮かんでいる。大体、それでこの村の描写は足りている。民家は旧い街道の近くに集まっている。春になると桜が美しく、僕は特に御衣黄という緑色の花を咲かせる木に心惹かれていた。

Kは、その時に知り合った郵便配達員だった。物静かな謹直な青年で、色が白く、人並み外れてきれいな肌をしていた。何と言ったらいいのか、ゆで卵の、殻でも卵でもなく、薄皮のような質感で、いつもきちんと剃られた髭の毛根が透けて見えそうなほどに澄んだ肌だった。

僕は、彼の容貌を、今はもう描写できるほど思い出せないが、その白い肌だけは鮮明に覚えている。あの頃も、Kが噂になる時には、大抵、「ほら、あの肌のきれいな子、……」と言われていた。配達員は一日中、外回りをしているから、嫌でも日焼けするものだが、Kだけはどんな真夏でも、ただ赤みが差すだけで、翌日にはまた元の真っ白に戻っているのだった。

僕は、端から村人たちと交流する気がなかった。しかし、留守中の手紙や荷物のことで何度か郵便局に足を運ぶうちに、そこの局長とは親しくなった。そして、自分が村人たちから不気味に思われていることを知った。この恰幅の良い、福々しい顔の局長は、その後、僕と近隣住民たちとの最低限の関係の取り持ちをしてくれた。僕も考えを改めて、挨拶くらいはするようになった。僕はそのうちに、Kを含めた局員たちとも言葉を交わすようになり、何度か彼らの宴会に招かれたりもした。

Kは、僕がこれまで会った中でも、最も表情の乏しい青年だったが、ふしぎと悪感情は抱かなかった。例えば、大抵の動物には表情がない。村で出会すリスや雀は、僕に対して決して微笑みかけたりしないが、だからと言って腹が立つわけではない。Kは僕にとってそういう存在で、リスや雀と同様に、その静かな生活をしばらくぼんやり眺めていられるなら、こっちの心も落ち着いてくるんじゃないかと思えるほどだった。

実際に、僕はKのカブの音が近づいてくると、よく窓の外に目を遣ったものだった。あれは一種の動物の跫音、虫の羽音だった。

ある夏の日、彼がいつもまっすぐに伸ばしているその背中に、ミンミンゼミが一匹留まっていたのを僕は覚えている。

七年間も、村の土を食べて生きてきたあのセミは、初めての、そして、束の間の飛翔の休息場所を、さすがに間違えなかったのだと僕は思った。

御衣黄の木の幹とKの背中。――その間に、一体どんな違いがあっただろうか。

Kの生い立ちについては、局長が教えてくれた。

彼は、この村の養蜂農家の次男坊だった。郵便局で働き始めてほどなく両親が相次いで他界し、跡を長男が継いだが、四年後のある日、突然、所有する二百個すべての巣箱から、幼虫だけを残して蜂が一匹もいなくなるという不幸に見舞われ、廃業した。「蜂群崩壊症候群」と呼ぶのだそうだが、当時はまだそんな言葉もなく、Kの兄は、近隣の農家の農薬の影響を疑って訴訟を起こした。

裁判は、この平穏な村では珍しいことだった。被告も原告も互いに敵意を剝き出しにし、法廷の外でも激しく罵り合ったが、結局、農薬と蜜蜂の消滅との因果関係は立証できず、原告は敗訴した。

長男は、控訴せずに村から出て行った。その家に、Kは独りで住んでいた。

僕が最初に会った時、彼は二十代後半だった。独身で、その生活の周囲には、愛の気配は一切なかった。

Kは、村人たちから同情されていた。勝訴したとは言え、さすがに後味の悪さを感じていた件の農家も、Kに優しく接することで、世間体と内心、両方のバランスを取ろうとしていた。彼のその態度は、立派だと皆に尊敬されていた。僕も知っている人だが、濡れ衣を着せられた側の謙虚さというものを、僕は初めて理解した。

Kの特殊な能力に人々が気づき始めたのは、判決から二年ほどが経った頃だった。僕がこの村に足を運ぶようになって間もなくである。

最初に驚いたのは、小学五年の男の子だった。

学級委員の彼は、大阪に転校した友達に、クラス全員の写真を貼り、寄せ書きしたアルバムを送るという大役を任されていた。しかし、封筒はほどなく、くたびれ果てた姿で、「宛先不明」のスタンプを捺されて戻って来た。郵便受けに入らなかったそれを、直接、少年に手渡したのはKだった。

Kは、途方に暮れる少年を気の毒がって、その場で住所を確認させ、番地が間違っているのを指摘した。そして、新しい小包用の配達伝票を彼自ら書いてやり、そのまま再集荷したのだった。

少年が目を瞠ったのは、Kの字が、自分の筆跡とそっくりそのまま同じだったことである。彼はそれを、よく分からぬが、一種のサーヴィスだと考えた。大人の手を借りず、自分で伝票を書いたことにしてくれたのだろう。夕食時に、控えを見せながらその話をすると、両親は二人とも怪訝な顔をした。

「その配達員が、お前の字をわざわざ真似して書いたのか？」

「うん、横に置いて見ながらサラサラッて書いたんだよ。」

「本当にお前の字じゃないのか？」

「違うよ、郵便屋さんの字だよ。」

次に気づいたのは、昔、小学校の近所で書道教室を営んでいた老婆だった。八十歳を超えた彼女は、近頃、とみに衰えた自分の筆を憂えていた。Kは、彼女が孫に宛てて送る大きな段ボール箱の集荷に訪れた際、その配達伝票の空欄を、彼女の震える筆跡と瓜二つに書いたのだった。

先の少年とは違って、彼女はそれに頗る傷ついた。その場では何も言えなかったが、あとでどうにも我慢がならなくなって、伝票の控えを握り締めて郵便局に抗議に来たのである。

彼女の話は要領を得なかった。無理もない。単純なことだったが、うまく説明しようとすると難儀する。理解されないもどかしさに、彼女は終いには泣き出した。ようやく事情を呑み込んだ局員たちは、Kが書いたという、その梱包内容を記した「菓子、衣類、ぬいぐるみ」という文字を回覧したが、なるほどそれは、老婆が自分で書いた宛名や住所の筆跡と見分けがつかなかった。

「立ったまま書いたせいで、きっと、ペン先が震えたんですよ。真似してからかっただなんてとんでもない！　でも、もっと丁寧に書かないとねぇ。よく注意しておきましょう。すみませんでした、本当に。」

局長が、そう言って宥めた。老婆は納得したのかしなかったのか、それから一頻り、自身の孤独についての繰り言を述べて帰ったらしい。

僕は一連の話を局長から聞いたのだが、最初は、その意味するところがよくわからなかった。

「要するに、どういうことですか？」

そう尋ねると、局長は、僕に見せようと持ってきた一枚の紙を差し出した。

A4の白い紙に、保険の説明らしい文章が七、八行書いてある。手書きだった。

「これ、冒頭の数行は私が書いたんですけどね、途中からKが書いてるんです。どこからか分かります？」

僕は目を丸くした。まるっきり分からなかった。

老婆が帰り、Kが戻って来てから、局長は彼と話をした。Kは、「侮辱された」という訴えについては驚いたように否定した。そして、老婆が持ってきた伝票の控えのコピーを、喰い入るように見つめていた。局長は、「なんとなく、急に気になった」のだと言う。そして、近くにあった生命保険のチラシの文章を、FAX用紙に数行書き写した。Kは、一旦手を止めると、「これも真似て書けるの？」とKに差し出した。Kは、一瞬、躊躇した後に、言われた通り、紙の余白にチラシの続きの文言を書いていった。すらすらと淀みなく。

「こっからですよ、Kが書いたのは。」

局長は、腕を伸ばして三行目の途中を指差した。僕は、ようやくKの特殊な能力を理解して呆気に取られた。局長の太い指は、その変わり目を正確に差さなかった。僕は具体的にはどの文字からKと交替したのかを見極めようとした。顔を近づけ、遠ざけ、しばらく眺めていたが、到頭分からなかった。

Kは、ほんの数行目にしただけで、どんな人の筆跡でも、たちどころにして完璧に模倣できた。実際に書いてある文字だけでなく、書かれていない文字までそっくりに書けてしまうのだから、模倣以上の何かだった。人の口調をそんなふうに真似できる人がいるが、筆跡となると聞いたことがない。疑り深い僕は、それでもどうしても信じられず、試しに「真っ赤なお鼻のトナカイさんは〜」というクリスマスの歌を数行書いて、これの続きをKに書いてほしいと託した。丁度、クリスマスが近づいていたのと、歌詞が長いので好都合だったのと両方だったが、数日後、僕はちょっと気味が悪くなるくらい、どこからどう見ても僕自身が書いたとしか思えない字で、Kが歌詞を最後まで書いたものを受け取った。それも、配達に来たK自身から。

僕は試すようなことをして悪かったと詫びたが、彼はただ、あの美しい頬に微笑を籠もらせただけだった。僕はしばらく、その紙を取っていた。そして、ある時眺め返して、あれ、と迷って以来、そのどこからがKの手なのかを見失ってしまった。

気づくという現象は妙なもので、誰か一人が気づくと、関係のないあちこちの場所でも、一斉にみんな気づき始めるらしい。そして、どうして今まで気づかなかったのかと首を傾げ、よくよく思い返してみて、実は気づいていたと気づいたりする。

恐らくは、K自身がその一人だったんじゃないか。彼は多分、自分のこの特殊な能力に、まったく無自覚だっただろう。そう考えるのには根拠があるのだが、それはもう少し先の話だ。

僕は、Kの幼馴染みという人に、彼は子供の頃からこうだったのかと訊いてみたことがある。しかし、そんな話は知らないと言った。K自身の字はどんなだったのかと尋ねると、失笑しながら、「そんな、小学校の同級生の字なんて覚えてます？　大体、子供の頃はみんなヘタだし、どんどん変わっていくから。」と言った。

尤もだが、僕自身は案外、文集なんかの記憶から、何人かの友達の筆跡は覚えている。しかし、彼らの書く字も、今ではまるで違っているだろう。

Kの本当の筆跡は、行方知れずだった。というのも、意識的に模倣するのではなく、彼はどうやら、最後に目にした手書きの文字と、嫌でも同じ字になってしまうらしかった。

彼自身の筆跡は、だから、何度となく上書きされて、今ではもう回復できなくなっている。おかしな話だが、しかしKを見ていると、いつでもどこでも同じ筆跡を再現できるこっちの方が、却って特殊な能力なんじゃないかという気もしてくる。どうして僕は、手本もないのに、昨日と同じ字を書くことが出来るんだろう？

とにかく、Kのこの特殊な能力は、村人の驚嘆の的となったが、さりとて、何かの役に立つというわけでもなかった。局長は、「まあ、スナックの余興くらいにはなるだろうけど、Kは飲みにも行かないからなぁ。」と僕に笑って言った。あの当時、既にネットがあったなら、どこかの暇人がこの話を広めていたかもしれないが、Kの存在を知っていたのは村人だけだった。

Kは相変わらず、物静かで謹直な郵便配達員だった。その一挙手一投足が、自然そのもののように僕の心を穏やかにしてくれる、色白の、肌のきれいな二十代後半の青年だった。

それから四年が経った。三十代になったKは、依然、独身のままで浮いた噂もなく、年齢的には少し早いが、そろそろその孤独が目立ち始めていた。

その日は、GWの谷間の平日だった。午後の早い時間に、この村の出身で、今は東京に住んでいる中年の男が、血相を変えて郵便局に飛び込んできた。僕の話は、大抵、局長からの伝聞だが、この時はたまたま小包を出しに来ていて、そこに居合わせることとなった。

「Kを出せ！」

彼は、Kの名字を呼び捨てにした。そこに、折悪しく(おりあ)Kが配達から戻って来た。

「お前が書いたんだろう、これは！」

皆がその一枚の紙に目を凝らした。遺言書のコピーだった。

Kは眸を震わせて、明らかに動揺した様子で立ち尽くしている。局長が、「どうしました？」と笑顔で割って入って事情を尋ねた。男の主張はこうである。

数年前から、自分の父は寝たきりで、介護は村の次男夫婦に任せてある。母はもう死んでいる。長男の自分は東京の大学に行き、東京で就職したが、それは父も望んだことだった。村には折々帰省しているし、父との関係は良好だった。ところが、今度父が死んでみると、弟夫婦は自分の知らない遺言書を持ち出して来た。その中には、畑や山といった遺産の大半を弟夫婦に与える旨が記されている。そんな馬鹿なはずがない。そんな話は一言も聞いていない。筆跡は確かに父に似せてある。しかし、これはきっとKが書いたものだ。Kはいつも実家に配達をしていたし、次男夫婦とも顔見知りだった。裏で金を貰って、遺言書を偽造したに違いない。……

男は、血走った両目を剝いて捲し立てた。僕は、酷い言いがかりだと思った。Kが金で釣られて、そんな悪巧みに加担することなどあり得ない。僕は、彼のことを、本当のところ大して知りもしないクセに、なぜかそう確信していた。

ところが、ここから事態は予期せぬ方向へと二転三転していった。

Kは、遺言書の偽造を否定した。ところが、その弟夫婦に依頼されて、何度か、寝たきりの父の代筆をしてやったことはあると言い出した。これには僕も驚いて、たとえそうだとしても、こんな時に言わなくてもいいじゃないかと、思わずその口を塞ぎそうになった。案の定、怒鳴り込んできた兄は、こんな興奮の最中にも、どこかにまだ残っていた、一握りの躊躇――つまり、とんでもない濡れ衣かもしれないという不安――を吹き飛ばしてしまった。一瞬、ポカンとした表情になってから、

「い、今、自分で言ったな？　な？　聞いたでしょう、局長さんも？　認めた！　認めたな！」と声を挙げた。

Kはそれから、この兄弟の遺産を巡る泥沼の訴訟に巻き込まれて、心身を大いに疲弊させた。彼の証言は一貫していた。兄弟の父が、友人に手紙を書きたいというので口述筆記を手伝った。以前と変わらない筆跡なら、相手に余計な心配をかけずに済むからと言われて、人助けのつもりだった。しかし、遺言書の偽造に関しては事実無根である、と。

遺言書の筆跡鑑定は、複数回試みられたが、いずれも故人のものに間違いないとされた。ところが、その鑑定人が、Kが別の場所で書いた、別の人間の筆跡を模したも

のを、やはりうっかり本人の筆跡だと誤認してしまったために、裁判は紛糾した。判決は結局、遺言書を本物と認定した。しかし、それを信じない人間は、敗訴した兄だけでなく、なぜか村人の中にもいた。Kは以後、ありとあらゆる臆測によって揉みくちゃにされた。彼のあの美しい頰は、花が萎れるように荒れていった。

僕はそれまで、Kと特に親しい間柄でもなかった。というか、Kと深い付き合いのある人間なんか、いなかったと思う。何度か食事に誘ったことがあるが、その都度、「ありがとうございます。でも、今日はちょっと、……」と断られた。必ずしも彼は毛嫌いされていたわけではなく、局長を始めとして、身の上を案じている人もいたが、むしろKの方がそれを受けつけなかった。

それでも、僕は傷ついた彼を慰めるために、訴訟中から、時々家を訪ねるようになった。基本的に、彼は日曜日と水曜日に休暇を貰っていたが、水曜日は車でどこかに出かけて留守だったので、会うのは日曜日だった。

Kは、そういう時、僕を決して家には上げなかった。茶の一杯も出してはくれず、玄関先か、縁側で、ただこちらが色々と話しかけることに相槌を打っているだけだった。

と言って、必ずしも迷惑そうな様子でもなかった。他の人とは違い、僕が居留守を使われなかったのは、きっとヨソ者だったからなのだろう。帰り際には、いつも見えなくなるまで、庭先に立って見送ってくれた。それが嬉しくて、僕が手を振っても、決して手を振り返してはくれなかったが。

それでも、僕はなぜだか自分でもよく分からないが、Kのことが好きだった。僕は、一度相手のことを〝変わり者〟だと思ってしまえば、大抵のことに腹が立たず、むしろ面白がれる質だった。

さて、あとから思い返せば、という話だが、この年の正月、僕の許には一つの予兆があった。しかし、僕はそれに気づくことが出来なかった。

僕の借りていた家は、冬は尋常でなく寒いので、年末年始を過ごしたのは、この時が初めてだった。僕は年賀状を四十枚ほど書いて村のポストに投函したが、そのうちの一通が、「宛先不明」で戻って来た。高校時代の友人で、特別親しかったわけでもないのに、なぜか年賀状のやりとりが続いていた人の一人だった。

僕は、その届かなかった年賀状を石油ストーヴの側で眺めながら、何かヘンだと感じた。そして、印刷された「謹賀新年」だの「旧年中はお世話になりました。」だのといった文面の傍らに添えた自筆のメッセージに眉を顰めた。それは、こんな文章だった。

「元気にしてますか？ 歳のせいか、年々、づきあいがくなってますが、こっちに来ることがあれば連絡下さい。話に耽りたいものです。」

僕は、酔っぱらっていたのか？ 「づきあいがく」とは何なのか？ 酷い脱字だった。本当は、こう書くつもりだった。

「元気にしてますか？ 歳のせいか、年々、人づきあいが悪くなってますが、こっちに来ることがあれば連絡下さい。思い出話に耽りたいものです。」

僕は、この当たり障りのない文章を、彼みたいな疎遠な友達に、結局、印刷したのと同じように書きまくっていた。

それで、なんだかおかしくなっていたのか？ この短い文章の中で、「人」、「悪」、「思い出」と三つも言葉が抜け落ちていた。

僕は、自分自身に呆れて、面白半分に葉書を振ってみた。そうすると、もっとたくさんの文字が落ちてくるんじゃないかと苦笑しながら。

しばらくすると、段々、恐くなってきた。村で過ごした時間のお陰で、僕は随分と体調が良くなったように感じていた。しかしその実、何か思いがけないかたちで悪化しているんじゃないだろうかと。

春の訪れとともに、僕はまた、二週間ほど滞在するつもりで村に来ていた。楽しみにしていた御衣黄の木は、まだ大半が蕾(つぼみ)だった。

その日は、薄曇りの少し肌寒い日曜日だった。

昼食を食べ終わって畳の上でひっくり返っていると、郵便局長から電話があった。相談があると言う。何でも、年賀状についている〈お年玉くじ〉の番号を、郵送前にすべて控えているというヒマな人がいて、今年は初めて一等が当たったはずなのに、誰からも連絡がない。きっと、あの変わり者の郵便配達員が盗んだに違いない、と訴えているのだとか。

僕は、色々言ってくる人間がいるもんだなと、笑って聞いていたが、局長の話には続きがあった。未達の苦情は特に来ていないので、大丈夫だとは思ったが、ちょっと気になっていることもあるので、念のために、自分の手許に残っていた〈切手シート〉が当選している未使用の年賀はがきを、変名で友人に出してみた。するとなんと、届いた葉書のくじ番号が、事前に控えていたものと変わっていた、と言うのである。

「つまり、どういうことなんですか？」

「だから、Kは筆跡模写が出来るでしょう？　お年玉の当選くじをくすねるために、差し替えたんじゃないかと。」

「局長のその葉書の筆跡を真似て？　まさか、そんなセコいこと。……だって、年末の収集の時には、どの葉書が当選してるかなんて、まだわからないじゃないですか。くじの当選発表、年明け後でしょう？」

「じゃあ、どう説明します？」

そう言われると、僕も言葉に窮した。局長は、今からKに事情を訊きに行くので、立ち会ってもらえないか、僕には心を開いているみたいだから、と言った。僕はそれに同意した。ただし、僕に心を開いているというのは誤解だから、何も期待しないでほしいと断った。

Kの家の庭には、チューリップが咲いていた。門も塀もない田舎の民家で、いつの間にか敷地に入っていた僕の目の前に蜜蜂(みつばち)が飛んできて、思わず体を仰(の)け反(ぞ)らせた。玄関へと向かう道すがら、足許にはなぜか、植木鉢の割れた破片が大量に散乱していた。

呼び鈴を押しても反応がなかった。Kは日曜日は必ず在宅しているので、居留守じゃないだろうかと感じた。引き戸に手をかけると、鍵は開いたままである。僕は局長と顔を見合わせて、黙って頷いた。

一応、玄関で声を掛けてから、僕たちは家に上がり込んだ。何かあったんじゃないかと心配していたが、同時に、Kがどんな生活をしているのか、覗いてみたい欲求も否定できなかった。局長もきっとそうだっただろう。

所謂古民家で、廊下を踏み締める度に、波打つような板張りが軋んだ。まったく物がなく、空き家と誤解しそうな佇まいだったが、床の間にも畳にも塵一つない。一続きになっている居間と台所には、所狭しと、異様な数の蜂蜜のびんが並べられている。空いているものもあれば、未開封のものもあった。テーブルには、それをパンに塗って食べたあとがある。局長は、憐憫に駆られたような顔をしていた。

二階には三部屋あり、襖を開けると、一部屋は寝室、もう一部屋は物置だった。残りの一部屋にはドアがついている。家の中でも、ここだけだった。

僕たちが、そのドアノブを回せたのは、中にまったく人の気配がなかったからだった。

局長がゆっくりドアを押すと、キィという音がした。彼は、一歩足を踏み入れたところで、「何だ、これ、……」と立ち尽くした。

僕は、局長の丸い背中をそっと押して首を伸ばした。そしてやはり唖然とした。狭い部屋の三方の壁一面には、スチールラックが組まれていて、そこに、途方もない数の官製はがきが積み重ねられている。局長は、夢遊病者のような足取りで棚の前に立つと、恐る恐る手近な葉書の束を摑んだ。ざっと目を通すと、「ああ、……なんてことを。」と絶望的な溜息を吐いた。

僕も見てみた。それらは、明らかに未配達の葉書の山で、様々な筆跡で全国津々浦々の宛名が記されている。差出人は村人達で、村に来たのではなく、村で集められた葉書だった。

Ｋが罪を犯していると感じたからか、僕は急に厚かましくなって、部屋の中にずかずかと入ってゆくと、手当たり次第にその微塵の歪みもなく積み上げられた官製はがきを手に取っていった。収集した端から重ねていったらしく、自ずと日付順になっている。消印は押されていないが、差出人が自筆で日付を入れたものがあった。窓辺のローズウッドの机の隣が、最も古い棚で、どうやら四年前から続いているらしい。

「四年間も！」

局長は、尺の足りない絨毯を敷き合わせた床に座り込んで頭を抱えた。確かに、ここまで来ると、管理者の責任も厳しく問われることだろう。僕は、この人の良い局長が気の毒になった。

「しかし、どうして気がつかなかったんですか？　さすがにこれだけ貯め込んでたら、苦情も来るでしょう？」

局長が、血の気の引いた顔を上げた。あまりの葉書の量に圧倒されて、つい忘れていたが、そもそも僕たちが、どうしてここを訪れたのかをほとんど同時に思い出した。

「全部、Kが書き写したものなんじゃないですか？」

「これ全部？　ということは、郵送はちゃんとされてる？」

僕は十枚ほどの葉書を両手で扇のように広げてみた。

誰がどう見ても、十人の異なる人間の筆跡だった。筆記具も、ボールペンから万年筆、マジック、筆ペンと様々である。そう思ってKの机を見ると、やはりボールペンから万年筆、マジック、筆ペンと、あらゆる筆記具が揃えてある。

僕は、局長に目配せした。

「そうだ。ちゃんとうちからも、毎日あんなに郵便物を送ってるんだから。けど、これはどっち？　写しと本物、どっちをKは手許に残してるんだ？」

僕は、スチールラックの端まで行って、その最新の葉書の束を手繰った。そして、一枚の季節外れの年賀はがきを局長に見せた。腰が抜けたようになっていた彼は、それに腕を伸ばしながらようやく立ち上がった。

「これだよ、私が先日出した年賀はがきは！　いや、けど字はこれは、私の筆跡？　あ、お年玉くじの下二桁が〈73〉！――ということは、本物がここに貯め込まれているのか!?」

僕は、それによって罪の重さが変わるのだろうかと考えながら、昨年末に集められた年賀状の一画を探した。輪ゴムで束ねられた葉書が積まれていた。その束を調べてゆくと、僕が出した年賀状も、やはり輪ゴムがされたまま見つかった。僕は、色んな人の筆跡の中で、自分の字がすぐにわかったのだった。中には、あの高校の同級生に宛てた年賀状も含まれていた。その僕自身の手書きの文章には、脱け落ちた字は一つもなかった。

僕たちは、Kの姿の見えないことが、急に不安になってきた。名前を呼びながら改めて家の中を探したが、どこにも見当たらない。局長は、襖に手をかける度に、何か突然、嫌な光景に出会いしはしまいかと恐れている様子だった。

警察に通報することを相談しながら、僕たちは、庭に出て家の裏手に回った。車庫には車があった。納屋の奥に目を遣ると、薄暗がりの中に、Kはぽつんと一人でしゃがみ込んでいた。

僕たちは早足で近づいた。

もう何年も使用していない、古い養蜂用の巣箱がたくさん積まれている。その光景が、先ほどまでいた葉書の要塞(ようさい)を思い出させた。

Kの周りには、蜜蜂が数匹飛んでいて、彼はその右手の甲に留まった一匹を微動だにせず見つめている。

「蜂が少し戻って来てるんです。」

Kは、誰にともなく呟(つぶや)いた。局長は、急に我に返ったように、今見てきたものについて問い質(ただ)した。

「宛先には、写しがちゃんと届いています。」Kは振り返らないまま言った。「本物は全部保管してあります。」

「なんでそんなことを?」

局長は、さすがに厳しい口調で言った。その時だった。Kは、全身を震わせて立ち上がると、手に留まったままだった蜜蜂を叩(たた)き落とした。その顔は、僕がこれまでに見た中でも、最も人間的なKの表情だった。しかし、そこにありありと表れていたのが、随分と長い時を経たであろう怒りであったことが、僕をやるせない気持ちにさせた。

Kは、今はもう見る影もなくなってしまった頬を青褪めさせ、目は逆に真っ赤に充血させて、僕たち二人を代わる替わる睨みつけた。僕は、掴みかかられるんじゃないかと身構えた。局長も、たじろいでいた。

しかし、ほどなくKは、何も言わずに俯いて、自分の右の手の甲に目を落とした。そこには、一本の小さな針が刺さっていた。Kは、それを静かに引き抜くと、僕の目の前に差し出した。

僕は、どうして良いのか分からず、ただその針を見ていた。この蜂は、死んでしまったんだなと思いながら。

Kは郵便法違反容疑で逮捕された。裁判所はKの精神鑑定を求め、結局、結審までに一年もかかって、懲役二年六ヶ月という有罪判決が下った。罪状は「郵便物の隠匿」というもので、僕は、執行猶予もつかない、その意外に重い判決に動揺し、Kを哀れんだ。

局長は、責任を取って辞職した。事件は当然、メディアにも取り上げられたが、今のようにネットもない時代だったので、人々の関心の移ろいは早かった。

Kは、彼自身がその特殊な能力に気がついた四年前から、取集した管区内の郵便物の内、手書きの官製はがきだけを選んで自宅に持ち帰り、毎日、ひたすら筆写し続けていたらしい。もちろん、差出人と瓜二つの筆跡でである。なぜ官製はがきだけだったのかは分からないが、何か拘(こだわ)りがあったのだろう。多い日は一日に六十枚も書いていたらしく、平均すると、年間で一万枚強だったという。官製はがきの厚さは、0・20〜0・22ミリだそうで、四年分の四万枚で、積み上げると8メートルにもなる。それが、あの部屋の棚にぎっしりと詰め込まれていた葉書だった。

人づきあいもせず、睡眠時間を削ってまで毎晩筆写を続け、本物は自宅に残して、その写しを翌日局に持って行っていた。だから、この管区内で出された葉書は、いつも一日遅れで到着したが、それについての苦情は、四年間で一件もなかった。

Kは、その乏しい収入のかなりの部分を、この葉書と筆記具の購入代金に費やしていた。葉書だけで月に五万円ほどで、休暇の水曜日になると、車で町に出かけて方々で葉書を買い漁(あさ)っていたという。彼がよく立ち寄った郵便局や雑貨屋では、有名な人物だったらしい。

Kが貯め込んでいた葉書は、その後すべて詫び状とともに宛先に配達された。

局長は、その苦労を僕に語って聞かせたが、四年分の村人たちの葉書がそうして厳重に保管されているのを見ていると、終いには、それらをバラバラに配達してしまうのが、惜しいような気にもなったと言った。

　葉書を書いた村人達はKに憤慨し、しばらくは、どこに行ってもその話ばかりだった。他方、数年ぶりに本物の葉書を受け取った全国の人々は、Kという人間の存在を知って驚嘆したが、反応は様々だった。気味悪がる人がいる一方で、笑い出す人も案外、多かったらしい。

　局長が嘆いて言うには、実はかなりの人が、かつて受け取ったKによる筆写の葉書を、既に捨ててしまっていたのだとか。

「そんなもんでしょうかね？　私は職業柄か、人から貰った手書きの葉書は、決して捨てませんが。」

　局長は、肩を窄めた。まだ手許に残していた人たちは、Kの特殊能力に目を瞠った。実際に二つ並べてみたそれらは、消印さえなければ、どちらが本物か、決して見分けがつかなかった。

　ところが、次第にもう一つ、明らかになってきたことがあった。

Kはただ筆写していたわけではなかった。最初はそうだったが、段々と、独自の検閲を行うようになった。葉書を持っていた人たちの証言によると、Kの筆写には脱字が散見され、しかもその数は、年々増えていた。恐らく、意図的なものだろう。当然、脱字に気づいていた人たちもいたが、深くは考えずに読み流していたようである。

Kは例えば、文中に「悪」という言葉が含まれている時には、それを削除して筆写した。そんな言葉を葉書で書くだろうかと思うが、「お体を悪くされて」だとか、「悪天候」だとか、案外、頻出するらしい。その他、「憎い」だとか「毒」だとか、幾つかの否定的な言葉が取り除かれている。それはまだしも、最近では、「偶然」だとか「花」だとか「伝わる」だとか、一見どうしてそれが許せなかったのか、わからないものまで削除されていた。

僕の手許に戻って来たあの脱字だらけの年賀状は、Kの検閲が、いよいよ末期的に厳しくなっていた時期のものだった。

局長から最後に貰った年賀状によると、Kは服役後、村から姿を消してしまって、その後、一度も戻って来てはいないそうである。あとに残された実家は、遠くに住む兄が処分したらしい。

僕は、Kが逮捕されて以後、段々と村から足が遠退くようになって、局長とも疎遠になっていった。僕は、自分がもうすっかり元気になっていたことにようやく気がついた。そして、村に居続けることを、今では僕の体調にとって、悪いことであるように感じた。

それでも、Kのあの美しかった肌と、最後にその指先で抓まれた蜜蜂の針は、僕の記憶の中で特別な場所を占めている。

彼は今、どこで何をしているのだろう?

つい先日、僕はとある友人から受け取った葉書に、二箇所も脱字を見つけて、妙な興奮に駆られた。これはどこかで、Kがこっそり書き写して、本物とすり替えた葉書なんじゃないだろうか? 僕はそれで、Kが僕の筆跡をそっくりに真似て書いたあの年賀状を探したのだが、どこにやってしまったのか、どうしても見つけ出せないでいる。

ハワイに捜しに来た男

……ハワイで人捜しを始めてから、もう二ヶ月になる。

オワフ島で何の手懸かりも得られず、ハワイ島に場所を移してから丁度一週間。

ヒロのコンドミニアムに滞在している。初めて訪れる町だが、どことなく、俺の生まれ故郷にも似ているようで、歩いていると妙な気分になる。

デンゼル・ワシントン主演の《DÉJÀ VU》という映画が公開されていて、毎日のようにその広告を目にしているが、これは俺に対するメッセージなんじゃないかという気さえしてくる。ここは、俺の故郷に似ているんじゃなくて、故郷そのものなんじゃないかと。俺は、ここで生まれ育ったことを自分で忘れている。実のところ、俺は日本人というより日系人で、きっと三世か四世くらいなんじゃないか？

そんなくだらない妄想のせいで、今日はまったく仕事にならなかった。

多分、ここに来る前に、オワフのカネオへの丘で見た、あの平等院鳳凰堂のレプリカのせいだろう。あんなものを見せられれば、誰だって自分がどこにいるのか、分からなくなるものだ。

ヒロの町並みは、酷く古びている。年代物の車。懐かしいタッチの看板。土産物屋には、エルヴィスの写真がプリントされたアロハだの、ヒョウ柄にモンローの絵のバッグだのと、時間が止まったかのような珍品が並んでいる。

もっとも、町の人間たちは、どこに行ってもスマホに夢中なので、間違いなく現代ではあるのだが。

俺の人捜しは、一風変わっている。依頼人は、俺に捜してほしい人間の情報を一切くれなかった。写真もなければ、年齢や経歴も教えられていない。名前さえ知らない。そんなヤツをどうやって見つけろっていうのか？　依頼人は俺に言った。

「こう言えばいい。――『俺に見覚えがないか？』と。」

つまり、そいつは、この俺に瓜二つなんだそうだ。依頼人が、そもそも俺に目をつけたのも、それが理由らしい。

俺は失笑して、念のために訊いてみた。

「実のところ、アンタが捜してる男っていうのは、この俺なんじゃないのか？」

俺はニヤついていたが、依頼人は急に険しい顔つきになって言った。

「冗談でも、二度とそんなことは口にするな。その方が身のためだぞ。」

俺は、その目つきと口調に気圧(けお)されて黙ってしまった。

期限は決まっていない。滞在費用は、俺の口座に振り込まれている。まァ、ケチな額だが。とにかく、虱潰(しらみつぶ)しにハワイ中を捜してこいという依頼で、俺は言われた通りに、こんな馬鹿(ばか)なことを訊いて回っているのだった。

「ちょっと、すみません、ヘンなことを尋ねますが、俺に以前、会ったことないですか？」

ヒロに来て初めてよく晴れたので、今日はビーチに足を運んだ。ワイキキとは違って閑散としている。日光浴をしているトップレスの女たちを眺めながら、俺は、オワフで関係を持ったあの女のことを考えていた。

ワイキキのホテルのバーの店員で、俺の質問に、唯一(ゆいいつ)、

「会ったわよ。また会えてうれしいわ。」

と答えた人間だった。

俺は、やっと手懸かりを摑んだと、飛び上がらんばかりに喜んだ。しかし、女はただ、酔っ払いにナンパされたと勘違いしただけだった。

俺は頭にきたが、向こうはなぜか、俺を気に入ったらしかった。最初からヘンに親しげで、仕事の後、俺の部屋に来て二人でビールをしこたま飲んだ。よく見るとなかなかの容姿だったし、俺も自然と寛いだ気分になった。

女の右の尻には、薔薇とトカゲのタトゥーが入っていた。俺は、どこかでそれに見覚えがあって、事の最中に、思わず、これはなんの象徴なのかと尋ねた。女は一瞬、神妙な面持ちになって、子供にでも説いて聞かせるように、長たらしい説明を始めた。俺は、さすがに興醒めして、途中でキスをして口を塞いだ。何と言っていたのか、今ではもう思い出せない。

翌朝、シャワーを浴びて出てきた女は、ベッドでまだ寝惚け眼を擦っていた俺をつくづく哀れむように見つめて言った。

「あんた、捜してる人、見つけられないと思う。」

「何？」

「存在しない人間を捜してるのよ。」

「何だと？」

「悪いこと言わないから、もう止めることね。人生を無駄にしてる。」

俺は、枕許の幾らか飲み残していたビール缶を掴むと、女に投げつけて、部屋から叩き出した。

誰もいなくなってから、俺はしんとした部屋の中で首を傾げた。俺は、激昂して女に物を投げつけるような人間じゃなかった。何を苛ついてるんだろう？

呼び戻そうとして、慌てて廊下に出たが、女の姿はもう無かった。それで、ベランダから身を乗り出して、ホテルを出てきたところを呼び止めようと、しばらく待っていたが、なぜかいつまで経っても、女は現れなかった。

別に奇妙じゃない。多分、どっか俺の知らない他の出口から出て行ったんだろう。

……

何の収穫もない一日だった。ホテルに戻ってから、俺は一人で干しマンゴーをつまみにビールを飲んだ。フルーティーなビール・カクテルみたいな味がして気に入っていた。

日がすっかり暮れる頃には、段々不安になってきた。そして、依頼人に連絡してみようと思い立った。そう言えば、滞在先を変更する際には、必ず知らせるようにと言われていた。向こうはまだ、俺がオワフにいると思っているだろう。

それからずっと、依頼人の連絡先を書いたメモを探しているが、どうしても見つからない。メールの受信ボックスを見ても、依頼人との一連のやりとりのメールが消えてしまっている。

俺は混乱して、気を落ち着けるために、ベランダで煙草（たばこ）を一服した。

海の見えない安い部屋で、通りを往き来する車のヘッドライトを眺めていた。

ふと、あいつだと思った。あの女が、俺にこの人捜しを止めさせるために、依頼人の情報を全部消してしまったのだ！

しかし、あの夜、酔っぱらって話していたのは、もっと別のことだった気がする。むしろ逆じゃないのか？　俺はこの捗（はかど）らない仕事に腹を立てて、女が止めるのも聞かずに、自分で依頼人の情報を削除したんじゃなかったか？

俺は、嫌な悪寒（おかん）に襲われた。一本目の煙草を吸い終わって、二本目に火をつけようとした。その火がどうしてもつかない。何の気なしに灰皿を見ると、どういうわけか、数え切れないほどの吸い殻が山になっている。

俺は、ところで、ここに来る前にどこにいたんだろう？

勿論、オワフだった。その前は？　それがどうしても思い出せない。

冷静になれ。落ち着いて考えるんだ。

俺は、その土地で確か、人捜しをしていた。俺と瓜二つの男を、俺に見覚えがないかと訊いて回って。そして、俺はそこで、依頼人の情報をなくしてしまったのだった。

そう、俺はその前に、ハワイ島にいた。オワフにはそもそも、俺の依頼人を捜しに行ってたんじゃなかったのか？……

空になった煙草の箱を捻り潰しながら、俺は、明日は俺と瓜二つの男じゃなくて、あの女を捜してみようかと考えた。あのホテルのバーに行けば、多分会えるだろう。怒っているだろうか？　冗談めかして、こう言ってみようか。

「ちょっと、すみません、ヘンなことを尋ねますが、俺に以前、会ったことないですか？」

俺は、女の表情を思い返した。あいつは、あのどこか、同情するような親しげな目で、きっとまたこう言うんじゃないだろうか。

「会ったわよ。また会えてうれしいわ。」

透明な迷宮

I

その天井の高い、黒一色の部屋で、彼らは全員、全裸で蹲(うずくま)っていた。

男女六人ずつ計十二人がいて、日本人は岡田とミサだけだった。

恐らくは意図的に、様々な肌の色の人間が取り揃(そろ)えられていて、彼らの苦しげな肉体は、白金とクリスタルの塊が宙で爆発したかのような巨大なシャンデリアの光に照らされている。

年齢は二十代から四十代くらいまでで、皆ハンガリー人ではなく、岡田たちと同様、欺(だま)されたり、拉致(らち)されたりして連れて来られた観光客だった。

ブダペストのペスト側にある、十九世紀末に建てられた古い七階建ての建物だった。一棟丸ごと個人で所有しているらしく、深紅の豪奢なサロンは、ソファやチェストなど、黒と銀を基調にした現代風のネオ・バロック様式の家具で統一されていた。

そこで、立食形式のパーティが催され、岡田とミサは一時間ほどを寛いで過ごした。その後、七階に案内されて、奥の部屋に足を踏み入れたところで、突然数人の男たちに押さえつけられ、衣服を奪われて、更に奥にある一室に監禁されてしまったのだった。

部屋の壁は、薄いレザーのような光沢の黒に覆われている。やはりネオ・バロック様式の白い大きな鏡があり、窓は金のアラベスクが刺繡された分厚いカーテンで覆われている。先ほど何人かが、脱出を試みようと、半狂乱でそのカーテンを開け放ったが、窓にはすべて鉄格子が嵌められていた。外には法外な闇が広がり、靄の彼方の鎖橋の光だけが、辛うじてそれがドナウ川であることを仄めかしていた。

監禁された者たちは、皆壁に身を寄せて、大理石の床の上に直に座っていた。一枚だけ、部屋の中央に濃紺の絨毯が敷かれているが、誰も近づこうとはしなかった。

女たちは、震えながら膝を抱えたり、二の腕を強く内に引き絞ったりして自分自身に必死でしがみついている。

岡田は、自分も含めて、誰ももう性器さえ隠そうとしなくなっていることを、絶望的な心境で眺めた。

ミサは、岡田の傍らで顔を伏せている。彼は何度か、その表情を盗み見ようとしたが、真っ直ぐに垂れた長い髪が、それを遮った。

無防備な白い乳房が、先端まで硬くなっている。自分の手がそれを摑み取るために、他の男たちの手と激しく争う様を想像して、彼は目打ちで刺されたかのように顔を歪ませた。

既に悲鳴を上げ、抵抗する時間は終え、室内は沈黙が領している。

部屋の唯一の出入口には、左目を、潰れたゆで卵のように腫れ上がらせた黒人の青年が転がっている。鼻が折れ、血塗れで、苦しそうに口で息をする度に、ダイヤモンドの粒のような胸の汗が光った。

岡田は、彼の体の引き締まった筋肉を、ガラスケースに収められた精肉のように眺めた。長い大きなものをぶらぶらさせて、全裸で歯向かう姿のやりきれない滑稽さが、まだ脳裡に染みついていた。殴った巨漢の男たちは、出入口の外に控えている。

自由を奪われた彼らを、仮面を被った国籍不明の四人の男女が、椅子に腰掛けて見物していた。男二人は上半身だけ正装していて、下半身を露出させている。女たちは黒い下着姿で、ガーター・ベルトには、鮮やかな赤い刺繍が施されている。

もう一人、カーヴァーチェアに腰掛けているのは、先ほどまで彼らをサロンで歓待していた、この館の主人だった。シルクの分厚いペイズリーのガウンを着ていて、スキンヘッドの彼だけは、仮面をつけずに素顔である。眼窩が深く、夏の日焼けがようやく引いたような白い肌には、よく手入れの行き届いた光沢がある。

彼は、石が象嵌された黒いステッキを握り締めて、微笑みを湛えている。拳がそのまま入りそうなほどの大きな口が、その風貌を、仮面よりも一層、怪物的に見せていた。時折、ハンガリー語で独り言を呟いたが、その内容は誰にも分からなかった。

監禁された者たちが、彼に命じられているのは、たった一つのことだった。——ここで、見物人たちの目の前で、愛し合え、と。

□

岡田は、東京の小さな貿易会社に勤務していた。ブダペストには、プロポリスの輸入契約のために、一人で来ていた。

十一月初旬で、日によってはまだ残暑さえ感じられた東京とは違い、コートなしでは何処にも行けない寒さだった。

その日は、予定よりも早く午前中で商用を終え、午後は丸々時間が余った。帰りの飛行機は、翌日の昼に予約してあった。

岡田は、観光がてら英雄広場からアンドラーシ通りを歩いて、途中で、〈恐怖の館 Terror Háza〉という、ファシズム時代から共産主義時代にかけてのハンガリーの暗黒時代を伝える歴史資料館に入った。第二次大戦中はナチスが、戦後はハンガリーの治安警察が本部を構えたという建物で、犠牲者たちの写真が無数に並べられた大きな壁があり、地下には反体制派への拷問施設が再現されている。軽い好奇心で立ち寄ったものの、見終わる頃には、さすがに彼も少し憂鬱になっていた。

それから、取引先で教えてもらった、レヒネル・エデンによる独特のアール・ヌーヴォー様式が美しい郵便貯金局を訪れ、写真を撮った。ドナウ川まで歩いて河岸の紅葉を眺め、鎖橋を渡ると、ケーブルカーで王宮の丘に上ってその眺望にしばらく浸った。午後の穏やかな光を浴びたこの町の中心部の佇まいには、そこはかとない色気がある。岡田は、幾らか恍惚とさえなって、今度はもっと時間のある時に来ようと思った。それから、人の流れに従って歩いているうちに、王宮の地下迷宮に辿り着いた。数十メートルに亘って幾重にも層を成す天然の洞窟を利用したもので、ワインの泉だとか、埋もれかけた石像の頭部だとか、全体に妙な観光用の演出が施されている。岡田は、何かとりとめのない考えごとをしていた。そして、時々迷いながら、その仄暗さと黴臭さ以外、特に何も感じないままに気がつけば外に出ていた。

ブダからペストに戻ると、まるでその迷宮の続きのように、当て所もなく街を散策した。ハンガリー語は、インド・ヨーロッパ語族ではなく、ウラル語族のフィン・ウゴル語派に属しているらしいが、観光ガイドで読み飛ばしたその記述を、彼は否応なく思い出させられた。アルファベット表記ではあるものの、店の看板や道路標識に書かれている言葉が、まるでわからない。彼が唯一、すぐに理解できたのは、ポルノショップの広告にある「SEX」という言葉だけだった。

アンティーク・ショップで、銀製のカトラリーを一式衝動買いすると、カードの支払いを待っている間に、俄に疲労が昂じてきた。ホテルに戻る前に、地図の確認がてらカフェで一休みしたが、それで却ってまた歩き出すのが億劫になってしまった。

彼は、ホット・バタード・ラムで体を温めると、もう一杯、赤ワインでも飲むつもりで店員を呼んだ。その時になって初めて、隣のテーブルの四人の中に、一人、日本人らしい女が混じっているのに気がついた。背を向けているが、少し横顔が覗いた。白いシャツに濃いグレーのカーディガンを着て袖を捲っている。開いた襟元の細いピンク・ゴールドのネックレスと銀の時計。茶色い革のベルトをしたデニムが、締め付けるようにぴったりと足を覆っている。長い睫と高く太い鼻梁には、どことなく肉感的な雰囲気があった。それが、ミサだった。

ミサの方は、早くから岡田に気づいていたらしかった。日が暮れてきたせいで、ガラス窓に、彼女がこちらを見ている様が映っている。そのうちに、彼女と窓の中で目が合った。

「日本人、ですか？」

椅子の背もたれ越しに、彼女は声をかけてきた。その科を作った小首の傾げ方と探るような上目遣い、そして、「日本人」と「ですか」との間に差し挟まれた微笑から、岡田は彼女が、この言葉を、これまでどんなに繰り返してきたかを察した。

「ええ。東京から出張で。……観光ですか？」

「あの子のアパートに居候してるんです。イタリア人のお金持ちの子で。」

ミサは、少し厚ぼったい、艶々した唇の隙間から白い歯を覗かせた。

指差したのは、黒いニット帽を被った大学生風の女だった。気の強そうな濃い眉の下の小ぶりな茶色の眸が、ミサの仕草に震えたように見えた。顎の先端が、何かに耐えているかのように小さく凹んでいる。大人びた——というのは、結局はまだ幼い——顔立ちで、岡田はしばらく目を向けていたが、彼女は決してこちらを振り向かなかった。

ミサは、一旦体を戻して、彼女に何かを耳打ちした。フィデリカという名のその女は、微笑むミサに険しい目つきで首を振った。ミサは彼女を無視して、岡田のテーブルに移ってきた。

「いいんですか？」

「レズなんです、あの子。」

「ああ、……」

「わたしは違うけど、泊めてくれてるから。」

『——から？』

フィデリカは、腹を立てているというより、苦しんでいる気色だった。

ミサがフィデリカに、体を許しているのかどうかはわからなかった。しかし、許していたとしても、恐らく頻繁ではなかった。そのために、フィデリカは、精神的にはほとんど奴隷(どれい)で、ミサに対して、或(あ)るいは自分自身に対して、何か破滅的な行動に駆られそうになっては、必死で堪(こら)えている。……フィデリカの忍従の面持ちには、そんな想像を掻(か)き立てるような、痛々しい重苦しさがあった。

　ミサは二十八歳で、岡田よりも八歳年下だった。東京のＩＴ企業でウェブデザイナーをしていたが、震災後一年が過ぎた頃に急に会社を辞めて、以来、ヨーロッパ各地を転々としているのだという。持ち物や服装からして、バックパッカーという風でもなかった。

　東京にいたミサを、最初、パリに呼び寄せたのは、小説家だという知人の男だった。しかし、彼の許(もと)には一週間いただけで、そのあとは、別の知人が住んでいるブリュッセルに向かい、更に北はストックホルムから南はトレドまで、一、二週間ごとに移動し続けているという話である。どこの国かもわからない、観光地でも何でもないような町も幾つか混ざっていた。

　夏にローマでフィデリカと知り合うと、一緒にマラケシュに旅に出て、一度別れたものの再会し、直前まではザグレブとブカレストを巡っていたらしい。ＥＵのシェンゲン協定加盟国には、ビザがなければ、「最初の入域の日から6ヶ月のうち最大3ヶ月の間」しか滞在出来ないという決まりがあり、しばらく加盟国外に出ていて、つい先日戻って来た。ブダペストには、フィデリカの家族が部屋を持っているのだという。岡田は、指折り数えて、「半年以上も、ずっと〝放浪の旅〟を？」と、少しく冗談めかして尋ねた。

「最初は、二週間くらいのつもりで、有給取ってたんですけど、そのままなんとなく。会社にもメールで辞めるって伝えたんです。」

「そんなことで辞められるんですか？　手続きとか、……」

「わたしは、辞められるんです。」

「……そうなんですか。そのあとは、ずっと一人？」

「一人？」ミサは、岡田の野暮なことに苦笑した。そして、彼をかわいいとでも思ったような目をして、「ローマでフィデリカに会ってからは、ずっと彼女と一緒です。途中、ちょっと色々あったけど。」

「そっか。……じゃあ、彼女とは長いんですね。」

「感情の起伏が激しくて、よく口論になるけど、根はすごくいい子だから。」

「そもそもは、どうしてまた、海外に？」

「岡田さん、海外に住んだことあります？」

「いえ、一度も。」

「そういうのって、こっちにいる日本人に、そんなに気軽に訊いちゃいけないことですよ。ワケありに決まってるでしょう？」

岡田は、虚を衝かれた。

「ああ、……そう、なのかもしれませんね。すみません。」

ミサは物憂げに微笑した。岡田は口を閉ざして、半日石畳の町を歩き続けて疲れ果ててしまった足を、脱ぎかけの靴の中で動かした。彼女はこんな疲労を、半年にも亘って、ヨーロッパ中で重ねているのだった。

彼女の胸の裡を、推し量ることは出来なかった。しかし、震災後、同じく一年を東京で過ごした人間の勝手な共感として、彼はその心境をなんとなく理解した。そして、彼女がもう、自分ではこの彷徨を止められなくなっていることも。

「いつまで続けるんですか？」

ミサは、腕組みしながらテーブルに肘をつくと、髪を払いながら顔を上げた。

「あと二、三ヶ月でまた出ないといけないから、……でもその前に、多分お金がなくなる。」

「自分が今、どこにいるか、ちゃんとわかってますか？」

「え？」

「どんな緯度と経度の下にいて、今がいつなのか。」

ミサは、返事を曖昧にして、すっかり暗くなった窓の外に目を遣った。そして、急に笑い出したかと思うと、

「大丈夫ですか、岡田さん？」

と小首を傾げた。しかし、岡田は笑わなかった。彼女は戸惑っている様子だったが、やがて、真剣な顔になると、彼をじっと見つめて、

「日本に連れて帰ってくれます、わたしを？」

と言った。会ってまだ間もないというのに、岡田は既に、彼女に抗し難い魅力を感じていた。

「明日、ヘルシンキ経由で帰ります。もしそのつもりがあるなら、同じ飛行機で。」

ミサはまた虚ろな目になって、しばらく考えていた。そして、俯いたまま、無言で一度だけ小さく頷いた。

カフェがレストラン営業の準備を始める時間まで、ミサはフィデリカを完全に無視

して、ただ岡田とだけ向かい合っていた。フィデリカは、その残酷な仕打ちに耐えていた。

ミサは、時間を確認すると、二人でどこかに食事に行きたいと彼を誘った。

身支度を始めると、フィデリカだけがテーブルに来て、岡田に挨拶（あいさつ）をした。そして、これから知人の家でパーティがあるから、ミサと一緒に来てほしいと英語で誘った。

岡田は、どうするつもりか、ミサの顔を見たが、彼女は首を横に振った。その途端、フィデリカは泣きながら金切り声を上げた。疎（まば）らな店の客たちが一斉にこちらを振り返った。よくあることなのか、ミサは驚いた様子もなくフィデリカを抱擁して落ち着かせると、岡田に、予定がないならつきあってほしいと言った。

岡田は承知した。ミサをフィデリカの許に残してゆきたくはなかった。

フィデリカが呼んだ車を待つ間、ミサはトイレに立ち、他の二人の連れ合いは先に帰ってしまった。去り際（ぎわ）に、何か意味ありげな目配せをされた気がした。さっきはあぁ言ったものの、フィデリカは、やっぱり帰ってくれと言うのではないか？　そう思っていると、彼女は柔和な笑顔で、その紙袋は何なのかと尋ねた。目はまだ赤いままだった。

「カトラリーです。ナイフとかフォークとか。」

岡田がそう答えると、彼女は中を軽く覗いてから言った。

「ナイフは、肉を切るのと同じように、あなたの顔も、一部だけ切り取って見せてくれます。」

岡田は、眉を顰めた。自分の聴き取った英語に自信がなく、返事を躊躇っていると、フィデリカは口許を歪めて、もう一度ゆっくり同じことを言った。彼の脳裏を、自分の片目だけが映った銀のナイフが過った。何を言わんとしているのか、尋ねようとすると、彼女はそれを遮って、

「ミサの本心はあなたにはわからない。わたしにはわかってる。」

と言い、理解したかどうかを確認するかのように目を見た。ミサが戻って来た。彼女もカトラリーに興味を示したので話は逸れた。店の前には、黒いベンツのリムジンが駐まっていた。

三人で一緒に乗り込んだが、岡田は二人の様子に気を取られて、何処をどう通ったのか、まるでわからなかった。フィデリカの言葉をどう理解すべきなのか。ミサはレズビアンではないと言っていた。あれは事実なのか、それとも男に対してはそう言うのか。男女どちらでも構わないという意味だろうか。フィデリカは言わば嫉妬から、

こちらのミサの印象を歪めようとしているのではないだろうか。……そんなことを考えているうちに、到着したのが、この大きな館だった。

パーティは既に始まっていた。正装した三十人ほどの人間が、立ったまま飲み食いしている。ただの仕事用のスーツを着ていた岡田は気後れしたが、スキンヘッドの頑健な体つきの館の主人は、人差し指を立てながら、服装は重要ではない、大事なのはこの場を楽しむことだと言った。

フィデリカは、彼と親しげな抱擁を交わし、しばらく談笑していたが、そのうちに姿が見えなくなった。七階に案内されたのは、そのことを話して、そろそろ帰ろうかと相談していた時だった。

□

監禁された者たちが解放されたのは、夜明け前のことだった。

岡田とミサは、来た時と同じリムジンに乗せられ、国立博物館の門の前で下りた。まだ暗く、誰も歩いていなかった。

運転手は、「こんなところでいいのか？」と怪訝そうに訊いたが、岡田は滞在先を知られたくなかった。ホテルまでは、そこから徒歩で十分程度である。ミサは、フィデリカの家に送り届けられるはずだったが、車が停まると、岡田の腕を取って「わたしも。」と一緒に下りた。

去り際に、運転手は、振り返って言った。

「今夜のことは口外するなよ。いいか？　これは主人の言伝じゃなくて、俺からの忠告だ。早く忘れてしまうことだ。いいな？」

岡田は、彼を見返したまま頷かなかった。車が行ってしまうと、無人の歩道に立って、銀のカトラリーの紙袋を忘れずに手に持っている自分が、言い知れず滑稽に感じられた。

ホテルの部屋で、二人はそれぞれにシャワーを浴びた。ミサは、湯を張ってゆっくりさせてほしいと、岡田に先を譲った。岡田は、冷えきった体を熱いシャワーに打たせながら、つい今し方までのことを思い返した。

自分が既に、自由の身であることがまだ実感出来ずにいた。あんなところで車を降りてはみたものの、地元の人間なら、このホテルの見当はつくだろう。廊下を行き来する人の気配に、彼はしばらく敏感だった。それでもやはり、安堵していた。

全員が一斉に愛し合うのではなく、見物人たちは、行為と組み合わせの「アンサンブル」の妙に興じていた。

一回ごとに、BGMが指定された。シュールホフやウルマンの弦楽四重奏曲、それに、メシアンの《世の終わりのための四重奏曲》を岡田は覚えていた。タキシードの男の一人が、ショスタコーヴィッチの弦楽四重奏曲第十一番のスケルツォを指定した時だけは、なぜか見物人全員が吹き出して、しばらく何かを議論していた。

命令に従いさえすれば、夜明けまでに全員を必ず解放すると約束された。ただし、一人でも背けば、監禁は無期限に延長されるという条件も付いていた。

最初の二人が無抵抗だったせいか、続く者たちも従順だった。諦念と希望が綯い交ぜになって、室内には一種の規律が生み出されていた。何度となく呼び戻される者もあったが、岡田とミサだけは、なぜか他の者たちとの交わりに参加させられなかった。

二人を除く全員が、あらゆる恥辱に耐えた後、ようやく彼らにも声がかかった。館の主人が直々に下した命令は、二人だけで、「日本的に」愛し合うようにというものだった。既に何度か欠伸をし、目覚ましに紅茶を啜っていた見物人の女は、その内容に微笑した。

岡田は、直前にあの殴られた黒人の青年が、白人の男二人に組み敷かれて、暴行されるのを見ていた。黒い大理石の床には、尻で塗りたくられたその血痕があった。自分がそうした行為の被害者となることを、彼はやはり恐れていた。そして、明かされた命令の内容に幾許かの救いを感じ、それ故にこそ、ミサに対して加害者とならねばならないことに動揺した。

躊躇する二人に対して、既に義務を果たし終えた者たちは、苛立ちを隠さなかった。恋人同士と見なされていた彼らに課された行為は、不公平なほど容易で、ほとんど試煉でさえなかった。それは、ちょっとした、デザートのような甘い見せ物で、終いには、「早くしろ!」と罵声まで飛んだ。

ミサは、岡田の手を引いて濃紺の絨毯まで歩くと、見物人たちを見返してから彼にキスをした。

館の主人による無言の合図で、リゲティの《永遠の光》がリクエストされた。これが、会の最後を締めくくる定番らしかった。まるで無反応な岡田の体に対して、ミサは懸命に手を尽くした。赤い蝶の仮面の女が堪らずその様子に吹き出すと、主人は口に人差し指を当ててそれを制した。

絨毯の上に身を横たえた岡田は、自分の体をコントロール出来ない惨めさに苦しんだ。それは、努力がまるで功を奏せない領域だった。ミサは、彼を優しく宥めるように、胸や頬に手で触れ、微笑みかけた。目を瞑って、ただ彼女だけに集中しようとした。カフェで最初に見かけた姿を思い浮かべ、一緒に帰国する約束を交わした時のことを振り返った。これはただ、その先にあったはずの行為ではないのか。上になって覆い被さった。胸に頭を掻き抱かれて、深くその匂いを嗅いだ。やがて先端が触れ、ゆっくりと包み込まれていった。二人で見つめ合い、目を瞑り、目蓋を開けるとまた相手も同じように開けた。互いの唇を接いだ。ミサは彼の口の中を、慰めるようにして舐め続けた。「日本的に」という課題のことまでは気が回らなかった。

彼が果てた時、見物人たちは誰も笑わなかった。女が一人、仮面を剝ぎ取って嗚咽し始め、傍らで硬直した下半身を撫でさすっていた男が、親身な様子で彼女を介抱した。……

シャワーを浴び終えると、岡田はバスローブのままでベッドに横たわった。白い天井をただ放心して見つめた。そこにはもう、彼ら二人を明々と照らし続けていた巨大なシャンデリアはなかった。同じように静まり返ったバスルームからは、ミサが、時折手を動かして、湯の面が割れるような音がした。泣いている気配を微かに感じた。

四十分ほどして出てきたミサは、やはりバスローブを着ていて、肩に垂れた髪はまだ乾いていなかった。

二人の交わりのあとは、それぞれに洗い流された。

岡田は、熱いコーヒーを二人分淹れた。カップを受け取ると、彼女は、窓辺に立ってカーテンを開けた。窓は、コーヒーの湯気に曇りかけてはすぐに澄んだ。外が白んできつつあるのを見て、岡田は夕方のカフェからの時間の経過を感じた。

ミサは振り返ると、岡田に「ごめんなさい。」と謝った。それだけは、どうしても言わなければと、思いつめたような表情だった。

岡田はそれを意外に聞いた。彼はこの時まで、ミサに謝罪されることを微塵も考えていなかった。確かにこれは、フィデリカの仕業に違いなく、二人の女の間で複雑に絡まった感情の縺れに、彼は言わば巻き込まれてしまったのだったが。

ミサが、館の主人に命じられた偽りの愛の儀式を受け容れたのは、ただ、あの状況から自らが逃れるためだけではなかった。償いの気持ちもあったのだと、彼は初めて気がついた。彼を逃がそうとしていた。そして、あの数時間の監禁中、ミサへの憎しみが一度も自分を訪れなかったことの意味を岡田は考えた。

彼は、ミサに帰国の約束を思い出させた。

「飛行機は午後一時だから。一緒に日本に帰ろう。」

　そして、窓辺に立つ彼女を抱擁した。ミサは、空のコーヒーカップを絨毯の床に落とすと、彼に身を委ね、緩んだバスローブの胸元に頬を押し当てた。しばらくして、どちらからともなく全裸になった。窓からの冷気に凍えながら、二人は長い接吻をした。

　ミサは、今にも崩れ落ちそうになりながら、必死で岡田にしがみついた。岡田は少し膝を曲げ、背中を丸めて彼女の体を支えた。髪から滴るしずくが、二人の肌の隙間に染み込んだ。彼らは、まだ無垢な芽吹いたばかりの太陽の光に、そうしてしばらく浸される必要があった。

Ⅱ

　岡田の生活には、帰国後も特段、変化がなかった。

　いつも通り、独り暮らしのマンションから出勤して、夕方帰宅するまで、淡々と日々の仕事をこなした。ブダペストの企業との取引も、問題なく開始された。会社の同僚は、彼が出張中に経験した悪夢のことなど、想像だにしていなかった。

無論、岡田本人は違っていた。彼は自分が、これまで生活していた同じ場所に戻って来たということを、どうしても信じられずにいた。

彼は何度となく、あのブダペストでの体験へと引き戻された。そして、ある時ふと、それまでまるで気にしていなかった、あの王宮の地下迷宮を歩いていた時のことを思い出して、急に胸の奥が騒立つのを感じた。あの時は、さしたる興奮もなかったが、しかしむしろ、そのことにこそ意味があったのではないか。

彼は自分が、目に見えない、透明な迷宮の中に迷い込んでしまったという意識に捕われた。

いつどこに入口があったのかはわからない。フィデリカにあの家に招待されて、エレヴェーターに乗り込んだ時か、ミサと出会ったあのカフェに、フラッと足を踏み入れた時か、それとも、町中の道路標識のどれかにそんな注意書きがされていて、それに気づかないまま進んでしまったのか。……

もっと前からだった。恐らくは、震災後——いや、震災よりも更に前からのことで、ただ、あの部屋に監禁され、愛し合うように命ぜられて初めて、彼はそれが迷宮の一つの袋小路なのだと理解したのだった。

岡田は、自分がその迷宮のどの辺りを彷徨っているのか、まるで見当がつかなかった。その壁は完全に不可視で、不可触であって、迷宮の外側の世界は、微塵の曇りもなく見えていながら、どうやって出口を見つければ良いのか、その術がわからなかった。

もしその壁が、土や煉瓦で出来ているのならば、外の者たちは、中で誰が迷っているのかを知らないだろう。しかし、透明であったとしても、結局、彼らはその内側に閉じ込められている者に、気づきようがなかった。

自分はただ、その目に見えない壁に沿って歩かされている。折々、行き止まりにぶつかっては引き返し、別の道を選んだつもりで、また訳もわからずに同じ道を辿っている。

何かの拍子に、彼は、その壁が冬空の太陽の光を反射させたり、誰かの触れた手のあとで薄汚れたりしているのを見たような気がすることがあった。その度に、彼は迷宮の実在についての啓示を与えられたが、しかし、覚えず伸ばした腕のその指先は、幻にだに触れることがなかった。

あの日の午後、ミサは、リスト・フェレンツ空港に姿を現さなかった。

彼女は、フィデリカの家にパスポートを取りに戻ったのだった。同行すると言ったが、彼女は大丈夫だからと首を横に振り、戸惑う彼の目を見て、今度は微笑して頷いた。フィデリカを刺激したくないからと、付け足しのように尤もな理由も言った。旅券番号がわからないので、飛行機のチケットの購入も後回しだった。

空港で先に待っていた彼の許に、チェックイン時刻の締め切り間際になって、「ごめんなさい。今日の帰国は、やっぱり無理そうです。」というメールが届いた。すぐに電話したが出ない。岡田は、彼女が再び監禁状態にあるのではという危惧を抱いた。必要なら助けに行くとメッセージを残し、メールも送った。返事はほどなく来た。「大丈夫です。またいつか、お会い出来たらうれしいです。」とだけ記されていた。それを更に疑って、フライトをキャンセルし、居場所もわからないまま、ブダペスト中を探して回るという考えは、彼にもさすがに馬鹿らしく思われた。

彼は混乱し、ミサの心変わりを裏切りのように感じた。これまで辛うじて堪えていた傷が、激しい心拍とともに痛み出して、為す術がなかった。奇妙なことに、彼にはフィデリカよりもミサの方が遥かに赦し難かった。もしこれが、強いられたメールであるなら、日本語の読めないフィデリカの目を欺いて、「助けて。」と一言、書くはずだった。つまりこれは、ミサ自身の言葉であり、決断だった。

その軽薄な慇懃さは、彼の心を強く動かした彼女のあの夜明けの謝罪さえをも汚していた。

彼はフィデリカの声を聞いていた。

「ミサの本心はあなたにはわからない。」

彼女の悪意の予言は、今こそ成就したのだった。

帰国後、岡田はミサに連絡をしなかった。待たなかったと言えば嘘になるが、彼女からも音沙汰はなかった。

彼は、自分の人生は嘲弄されたと感じていた。彼女からというのではない。もっと漠然とした、この世界の頽廃そのものからだった。

彼は、強い無力感に見舞われた。それは、彼が自らの未来に予期し、それなりの心積もりをしていたあらゆる挫折と、根本的に異なっていた。自分が刻一刻と生き続けているこの生は、既に笑われたものである。彼の過去には、何か素足で腐った果物でも踏んでしまったような不快な悪臭とぬめりがあった。そうした意識は、濡れそぼった大きなタオルを、裸の背中からぽんとかけられたような重みと冷たさとで、彼を身震いさせた。

岡田は、あの悪夢を、むしろ笑うべき冒険譚として進んで人に話すことを一度ならず考えた。思いがけず、得体の知れない、恐ろしく堕落した金持ちの外国人たちに、旅先で知り合った女とのセックスを強要された。そうした珍談が人を興奮させ、事によれば、羨望さえ抱かせしめることを、彼とて想像出来ないわけではなかった。しかし、彼は自分が、どうしてもそんな気質に生まれついていないことを知っていた。そもそもそんな友人もいない。第一、岡田を苦しめていたのは、ただに見物人たちに強いられたあの行為のみではなかった。むしろ、解放された後に、ミサと交わした抱擁、口づけこそが、最も深刻に彼を苦しめていた。

もしあの夜の屈辱を、復讐へと変える方法があるとするならば、それは、見物人たちの目の届かぬ場所で、二人で真に愛し合うことだけだった。それだけが、あの頽廃に供した行為を貶め、その感興に水を注す唯一の希望のはずだった。

事実、解放された彼らは、あのまだ新鮮な朝日の懐で、そんなふうに愛し合ったのではなかったか？

岡田は、ミサを軽蔑し、憎むより外はなかった。彼女の身に、今一度、こっぴどい災いが降りかかることを願い、彼女が今度こそ深刻な傷を負うことを夢見、やがて虚しくなり、自己嫌悪（けんお）に駆られて、反対に彼女との再会を熱烈に願った。彼は、体の隅々にまで冷たく染み渡る寂寥（せきりょう）を感じた。無闇に人恋しく、その慰めはミサ以外からは得られそうになかった。自分が彼女を愛していることを自覚した。しかし、結局のところ、どうすることも出来なかった。

年が変わって、雪のちらつく二月初めのことだった。

岡田は、仕事帰りの地下鉄のホームで、ミサからのメールを受信した。一週間前に帰国して、今、一人で日比谷（ひびや）にいるのだという。彼は一旦、無視しようとして、どうしても出来なかった。電話を掛け、声を聞き、すぐに会う約束をした。

指定されたホテルのロビーで、彼女は座って待っていた。岡田が到着すると、一瞬見違えたように目を逸らし、また顔を上げた。岡田自身も、あれほどの思いとは裏腹に、幾らか顔の記憶は曖昧になっていた。

「お久しぶりです。」

「あ、……お久しぶりです。」

「少し痩（や）せた？」

「……そうですね。日本に帰ってくると、やっぱり。」

「あれから、どうしてた？」

「もう少し、ヨーロッパを転々と。それで、また三ヶ月経って、帰国したんです。」

「フィデリカは？」

「あっちで別れたきり。」

「そう、……」

二人は、ホテルの一階のダイニングで一緒に夕食を摂った。中断されていた関係は、改めて互いの名前を確認するところから、辿々しく再開された。

ミサは、本名を美咲と言うらしかった。岡田は、まずそれがなんとなく意外だった。ミサの方が、外国人には発音しやすいからとのことだったが、元々本名が好きではなく、今後もミサと呼んでほしいと言った。

彼女は次第にリラックスしていった。特段、悪びれる様子もなく、ブダペストのカフェで最初に会った時よりもよく笑い、彼が心惹かれた漂泊の気配は、既に遠く去っていた。

岡田は、話しているうちに、ミサに思いがけず、明るい魅力を感じた。フィデリカと別れたからだろうか？　しかし、もしあの時会ったのが、今のようなミサであったなら、自分はフィデリカからのパーティの招待に、恐らく応じなかっただろう。そもそもフィデリカが、あんなに苦しむこともなかったはずだった。急に話しかけてきた日本人の女と二言三言、言葉を交わした。或いは、しばらく楽しく喋(しゃべ)って、そのままそこで別れ、一人でホテルで夕食を済ませたというだけのことだっただろう。何も起きなかった。彼の日常は何一つ変化することなく、そのために、こんなに人恋しさに苦しめられることもなかったはずだった。

それでも、目の前にいるのは、紛れもなくミサだった。岡田は、彼女の顔を見つめた。赤ワインを飲んでいたミサは、怪訝そうに目を上げると、その少し厚ぼったい唇から白い歯を覗かせた。

今のすべてが、あれ以後の現実だった。たとえミサが、依然として幾らか憂鬱そうだったとしても、こんな風に既に快活であったとしても、その肉体は、彼と共に愚弄され、彼以上に苦痛を強いられたものであることに変わりはなかった。

岡田は、相反する二つの欲求の昂(たか)ぶりを感じた。食事を終えると、彼はしばらく黙っていたあとで、口を開いた。

「この三ヶ月間というもの、俺は君のことを憎んできた。どうしても赦せなかった。

……君に傷ついてほしかったし、多分、それ以上の何かさえ期待してた。」

ミサは一瞬目を瞠(みは)ったが、何も言わずに頷いた。

岡田は、空港に来なかった理由を、敢(あ)えて尋ねなかった。その代わりに、もう一つの素直な気持ちを言葉にした。

「それでも、君にまた会いたかった。」

ミサは、無言で下を向いた。そして、あのブダペストのカフェで、岡田の言ったことをよく考えてみていた時と同じように、急に笑った。

二人はその日、朝まで一緒に過ごした。時間が折り畳まれ、接がれるべき未来が過去と繫(つな)がったようだった。

岡田は、激しい恍惚の最中で、仄暗い明かりの下のミサの顔に、なぜか幾度となくあの見物人たちの仮面を認めた。それが何を意味しているのか、彼は考えようとはしなかった。

□

岡田は、ミサとの再開された関係に、拍子抜けするほど平凡な幸福を感じた。彼は、特異な状況が押し潰してしまっていた多くのささやかな、愛すべきものを、彼女の裡に見出(みいだ)した。

こんなことがあった。岡田のマンションの同じフロアには、二メートルもあろうかというカメルーン人の大男が一人住んでいた。ある日の深夜、酔っ払った彼は、フラフラと全裸で廊下に出て来て、片っ端から玄関の呼び鈴を鳴らし始めた。住民たちは、気味悪がって、誰も部屋から出てこようとはしない。しかし、たまたま泊まりに来ていたミサだけは、笑って見知らぬ彼を回れ右させ、部屋まで連れ戻してやったのだった。

些細(ささい)なことには違いなかった。しかし、岡田はその態度に、彼女に常々感じていた理知的で大らかなやさしさと物怖(ものお)じしない性根の強さを改めて認めた。そういう人間だからこそ、九ヶ月にも亘ってヨーロッパを彷徨し続けられたのか、それともその結果なのか。そして、どれほど懸け離れているようであっても、その彼女の姿には、あの夜、見物人たちの目の前で、不能の自分のために手を尽くしてくれた、あの健気(けなげ)な姿が重なって見えるのだった。

岡田はミサに、正直に、自分が今でも、あの見物人たちから見られているという意識を消せないでいることを告白した。敢えて拘ろうとしているわけではない。しかし、どうしてもその気配を感じてしまう。取り分け、彼女を抱いている時には。

「一度撮影してみる？　自分たちがどんなふうに見えてたのか、わからないから、いつまでも想像して不安なんだと思う。」

「撮影って、……してるところを？」

「そう。記憶は、いつまでも同じじゃなくて、思い出す度に上書きされるって言うでしょう？　今日、あの夜の光景を思い出したら、明日は、今日思い出したあの夜の光景しか思い出せない。ヴィデオで撮影して、二人でそれを見れば、あの夜の記憶にも、きっとそれが上書きされる。消そうとしないで、そうやって今の二人を塗り重ねていった方がいいと思う。」

岡田は、ミサのその思いがけない提案に驚いた。しかし、ありきたりな慰めとは違う救いも感じた。そういうことを、今では多くの男女が楽しんでいるのは知っていたが、彼自身は経験のないことだった。

ヴィデオカメラは、ベッドを横から撮すように設置し、部屋の照明はつけたままにした。

録画ボタンを押すと、お互いに無口になって、その分、目で合図をした。緊張を解くために少し微笑んだ。服を脱がせ合い、抱擁し、いつも通りの手順を踏んだ。快感の訪れとともに徐々に自由になってゆき、互いにしたいことをしたいようにして、それを許し合った。

その一挙手一投足が、美醜の別もなく、愛らしさと滑稽さとの別もなく、ただ記録されてゆくということに、彼らは新鮮な興奮を覚えた。確かにそれは、人が夢中になるのも尤もな楽しい遊びだった。

事を終えてしばらくしてから、二人で録画を再生した。４２インチの大きなテレビ画面に、つい今し方の行為の一部始終が映し出された。二人とも、まだ裸のままで布団に包まっていた。岡田は平時でも、あまり自分の姿をヴィデオに撮って見た記憶がないが、とりわけ裸の尻や背中を眺めるのは初めてだった。それは、浴室の鏡で吹き出物を確認するような時とはまるで違った見え方で、筋肉は硬直しては弛緩し、５０キロほどの、片時もじっとしていない重みと関わり合っている様が、具に観察された。何度かレンズを意識したのを覚えていたが、画面の中の彼はその記憶通りにこちらを顧みた。それは、岡田がこれまで一度も知らなかった自身の表情だった。俺はいつもこんな顔をしているのか。明らかに彼は、満足していた。自身の快感とミサの快感とが歯車のように上手く嚙み合い、しかもその歯車を自分が回しているという満足感に、滑稽なほど浸りきっていた。彼は、自分の単純な征服欲に呆れ、自尊心が満たされ、悦に入っているその姿に、苦い笑いを禁じ得なかった。

さりとてすべては、予感された通り、束の間の遊びだった。それは二人の関係の根本的な確認ではなく、むしろその関係を擽って、撓ませたり、痙攣させたり、捻れさせたりしているに過ぎなかった。

岡田は、ミサの思惑が既に功を奏しつつあることを感じた。彼は行為中も、ただカメラに記録されていることだけを意識して、あの見物人たちの眼差しを忘れていた。そして実際、カメラを通して見物するのは、彼ら自身だった。

二人はその後、何度となく撮影を試み、事後には必ず一緒に映像を見た。射精と共に急速に欲望が退潮する男の生理の故に、彼はそれを、幾らかぼんやりした静かな心持ちで眺めるのだった。

岡田の記憶の中の悪夢は、幾重にも上書きされて、変容し、やがて朧になった。思い出そうとすると、見物人たちの目の前で、戯れのようにじゃれつく二人の姿が脳裏に浮かんだ。彼は不能ではなかった。彼女は笑顔だった。二人は監禁された者でありながら、同時に監禁した者だった。命じられた者であり、命じた者、そして、演じた者でありながら同時に見物人だった。

「あれは、……結局、何だったんだろう？」

「あれって？」

ある日の夕方、映像を見終えた岡田は、徐にミサに尋ねた。

「あの夜のことだよ。フィデリカは、俺たちをどうしてほしいって、あの連中に伝えたんだろう？　君を愛していて、君に復讐するために、ああいうことを依頼するのか？」

「連れて来られた全員が、被害者っていうわけでもなかったのかもしれない。」

「サクラ？　そうなのかな？　一組目のあの白人たちが命令を受け容れたから、あとの人間たちも従う空気になったけど、……あの無抵抗な二人は、段取り通りの演技をしてたのかな？　ポルノグラフィのライヴとして楽しんでいる。他の人間たちも、……暴行されて、血を流していた人間だけが、本当の被害者で、……」

「もう、いいんじゃない？　わたし、ほとんど忘れてる。」

ミサは遮るように言った。岡田は、それが彼女の本心かどうかを探りかけて止めた。そして、「悪かった。」と言った。

「俺も忘れかけてる。だから却って、振り返れるようになったんだ。でも、もう話さないよ、あのことは。」

彼は、服を着て、夕食の準備をした。ミサも手伝って、食器棚からカトラリーの一式を引っ張り出してきた。

「どうしたの、これ？　素敵ね。アンティーク？　ちょっと錆びてるけど。」

岡田は、それに目を遣って、訝る風に彼女を眺めた。

「あの時のだよ。仕舞い込んだままになってて。」

「あの時？」

「そう、……いや、覚えてないならいいんだ。」

彼は、首を傾げる彼女の手からカトラリーを奪うと、処分するつもりで、手近にあったレジ袋に入れて固く口を縛った。

□

ミサが再び、音信不通になったのは、そのすぐあとのことだった。あのブダペストでの別れのあとと同じように、岡田はまた独りになった。違っていたのは、今度は彼の方から何度となく連絡を取ろうとし、彼女がそれに応じなかったことだった。電話に出ず、メールにも返信がなかった。会うのはいつも彼の家だったので、彼女の自宅がどこにあるかさえ、彼は知らなかった。

何が起きたのか？　岡田は、この半年の二人の関係を振り返り、改めて直近の一月ほどを顧みた。撮り溜めた二人の映像を見返して、彼女の表情のどこかに、彼がその意味を捉え損なった陰影があるのではと探した。

しかし、虚しかった。彼女が去って、手元に残ったのが、ただその戯れの映像だけというのは、彼の孤独をいや増した。再び、彼は見物人たちの眼差しの気配に苦しめられるようになった。ミサは既にいないにも拘らず。

彼は結局のところずっと、透明な迷宮を彷徨っていた。そして、気がつけば、またあのブダペストでの一夜へと逆戻りしてしまっていた。

二月を経た。その日は朝から急に寒くなって、岡田は今年初めてトレンチ・コートを着て出勤した。夏がだらしなく続いた分、ようやく訪れた秋の面持ちには、最初から長居をしないつもりの落ち着きのなさがあった。

仕事を終えて帰宅した岡田は、ミサからのメールを受け取った。これから家を訪ねてもいいかという。着替えてから、構わないと返事をすると、三十分ほどで呼び鈴が鳴った。

玄関のドアを開けて、彼はミサと向かい合った。すると、彼女は、彼の目の前で二人になった。それは幻想的な一瞬で、岡田はゾッとして目を瞠ったが、何が起きているのかは、不思議とすぐに理解した。それが、彼の人生が被（こうむ）った嘲弄の仕上げだった。

ミサは、双子の姉妹だった。一人は、岡田がブダペストで会った「美里」。もう一人は、彼が半年の間、関係を持ち続けてきた「美咲」。——

岡田は、双子と面と向かって会うのは初めてだったが、二人のミサは、一卵性双生児の中でも、恐らく特によく似ている方だった。彼は、ドアを開けて最初に目にしたのがどちらなのか、本当にわからなかった。髪型は違うが、長さは同じくらいだった。服装では区別がつかない。動揺する彼に、姉妹の方がそれぞれに名乗って説明した。

ダイニングテーブルを挟んで二人と改めて向き合った。

岡田は、双子の姉妹というより、自分の人生のあり得たかもしれない二つの可能性を目の当たりにしているような心境だった。ブダペストで悪夢のような一夜を共にしたあのミサと、日本で再会した人生と、再会しなかった人生。二人というより、異なる二つの世界そのものがそこに併存しているかのようで、彼自身もまた、各々の世界に属する二人の人間を同時に生きているかのような錯覚を抱いた。

そして、実際に似ているという以上に、岡田は二人を積極的に混同し続けてきたのだった。

記憶の中の美里は、半年間、絶えず美咲によって上書きされてきた。あの夜、大理石の床に敷かれた濃紺の絨毯の上で一度だけ抱いた肉体は、この部屋のベッドで幾度となく戯れ合った肉体と、記憶の中では最早ほとんど差し替えられたあとだった。恐らく幾許かは、それでも消されまいと抗するかのように、美里の何かが美咲の印象へと染み出し続けていたであろうが。

岡田は、妹である美咲が、そうした試みを持ちかけた意図を思い遣った。

「どういうことなのか、説明してくれ。」

岡田の問いかけに答えたのは、その美咲だった。

美里はあの後もしばらく、フィデリカの許に留まっていたらしい。黙って帰国することが出来ず、涙ながらに謝罪するフィデリカを、彼女は赦したが、岡田との未来は断念したのだという。

彼女は、あの悪夢を克服する自信がなかった。岡田と一緒にいる限り、決して忘れることは出来ないだろう。もう連絡は取らないつもりだったが、彼のことは気になっていた。それで、帰国を機に、妹に相談して、代わりに会いに行ってもらった。直接、別れを告げずとも、曖昧な態度がすべてを終わらせることになるだろう。そういうことは、自分たちの人生では幾度かあったことだと言った。

しかし、美咲は一目会って岡田に好感を持った。丁度、美里がブダペストのカフェでそうだったように。

「姉が好きになった理由、よくわかった。でも、姉の真意はわからなくなった。わたしに本当は何を期待しているのか。」

姉の思惑はともかく、自分は最初は、正直に双子の妹だと言うつもりだった。けれども、それを信じさせる手間は億劫だった。人を馬鹿にした冗談としか思われないだろう。躊躇っているうちに、岡田は微塵も疑うことなく、自分を姉だと信じた。そして、姉を「憎んでいた」という言葉が、彼女の心を不思議に捕らえた。自分もずっと、そうだったのではないか。本質的には、愛していながら。

姉とは違って、自分には、岡田との間に何も不幸な記憶はなかった。彼がその記憶の故に、姉に拘っているというのは知っている。しかしそれは、そっとしておけばいいのではないか。

最初はさほど真剣に考えていたわけではなかった。しかし徐々に、この愛を手放せなくなっていった。人は、たった一つのエピソードのために、誰かを愛するのだろうか？　愛を受胎するのは、二人の間の出来事なのだろうか？　そうではなく、相手の人格を全体として愛するのではないか？　現に彼は自分を愛した。今はもう、姉よりも深く愛している。……

美咲は凡（およ）そそういった内容のことを語った。それはまさしく、彼がよく知っている理知的なミサの口ぶりそのものだった。

美里はその間、口を開くことなく無表情だったが、一度だけ、美咲が姉を愛しつつ憎み、憎みつつ愛していたと語った際には、愁（うれ）い顔を微かに俯けて、小さく何度も首を横に振った。

岡田は、美咲が自分と関係を持ち、深めていった経緯については理解した。しかし、心情的に受け容れるのは難しかった。

「いつか真相を話して、そんなこと、俺が納得すると思ってたのか？」

「この二ヶ月、考えてた。でも、納得するって、結局どういうこと？」

「俺は君じゃなくて、君のお姉さんを愛してた。双子だっていっても、違う人間だろう？　俺よりも君たち自身の方が、そういうことには敏感なんじゃないのか？」

「どうしてそんなこと言えるの？」

「どういう意味だよ？」

「出会ったきっかけは確かにあったかもしれないけど、でも、半年もずっと一緒にい続けて、わたしがいなくなった時に、また会いたいって思ったのは、どっち？　姉じゃなくてわたしの方でしょう？　わたしとの思い出を振り返ったんでしょう？」

「君自身、……君は魅力的だよ、もちろん。でも、俺は、あんなことに共に巻き込まれて、それでも先に立ち直って、とにかく生きようとしているその姿に心を動かされてたんだ。きっかけって言っても、駅で目が合ったとか、そんなのじゃない。君にはどうしてもわからないことがある。」

「それがあると何？　もうわたしを愛せない？　愛してない？」

岡田は、反論しようとした。しかし、彼女の問いかけに応じて、言葉にしようとするほどに、彼が心の内で感じていることからは、遠ざかってゆくようだった。

彼は、この半年を振り返った。——そう、俺はあの〝始まり〟がなかったとしても、十分に彼女を愛しているんじゃないか？ 美里ではなく、美咲を。

「姉はあなたのことを愛せないの。現に愛してない。でも、わたしは愛してる。」

美咲は、美里が口を開く前に、割って入るようにして代弁した。姉妹の間の競り合いは、岡田には計り知れないことだった。それでも、時間をかけて、もう相手の男が後戻り出来なくなっているのを十分確かめてから、初めてこうした告白に及ぶ彼女のその狡知を、彼は、九ヶ月間も人の好意だけを頼りにヨーロッパを転々とし、結果、フィデリカをあれほどまでに苦しめるに至った美里の放恣と、よく似たもののように感じた。

美里は、肩を窄めて溜息を吐いた。そして、瞼際に微かに笑みを含んだ目で岡田を見た。その眼差しが、彼をあの日の夕闇の迫るブダペストのカフェへと拉し去った。彼は、その何かしら美里にしかないアンニュイなものに拘ろうとし、胸が苦しくなった。自分は、ミサの何を愛してきたのか。しかし、考えようとすればするほど、この間、強いて混淆させてきた二人の人間は、彼の中でいよいよ分かち難く一つに結び合っていった。

「君の考えは？　君だって当事者なんだよ、この話の。彼女の――妹の言う通りなのか？」

彼は、詰難するように美里に尋ねた。

「大体ね。……わたしのこと、好きになってくれたんだったら、妹も似たようなものなんだし、いいんじゃない、難しく考えなくても？」

「本心なのか？」

「遺伝的にはまったく同じよ。家庭環境も。免疫システムは違うんだって、双子でも。……でも、そこじゃないでしょう？」

「真面目に話してるんだよ、俺は。真面目に答えてくれ。」

「岡田さん、わたしとつきあっても、後悔するだけよ。似たようなものだけど、わたしよりも妹の方が頭いいし、しっかりしてる。何があったって、放浪の旅になんか出ないから、彼女は。帰国後、わたしと再会してたらどうなってたか、簡単に想像がつく。わたしは、あの夜の出来事を忘れられない。岡田さんもそうでしょう？　二人で苦しみ続けて、とっくに別れてる。」

岡田は、今こそ自分がまだ、あの見物人たちに見つめられているのを、はっきりと感じた。彼らは、繰り返し、彼に命じている。――愛し合え、と。そして、躊躇う自分に対して、かつて既に愛し合ってきた多くの人間たちが、苛立たしげに指嗾していた。

「君はどうするの、これから？」

「まだ決めてない。日本にはあんまりいたくないから、……またフィデリカのところに戻るかも。」

「フィデリカ？」

岡田は、眉を顰めた。美里はそれに、ただ少し物悲しそうに笑ってみせただけだった。本心とも悪い冗談ともつかなかった。しかし、その名前を口にしてでも、自分から離れようとしている彼女の心情には、恐らく偽りはなかった。

彼は、自分がどうしてあれほどまでに美里に心惹かれたか、今、ようやく理解した。彼女は、彼がこの迷宮の中で遭遇した、たった一人の人間だった。あの日、あの袋小路で、彼らは孤独だった。そして、どれほど今、間近に感じられていようとも、自分と彼女とは、その透明な壁に隔てられているのだと知った。あの朝、ほんの数時間、別々の道を歩いてしまったばかりに。……

彼は、しばらく黙っていた。そして、美里を見ながら頷くと、美咲には、「少し考えさせてほしい。」とだけ返事をした。

□

三日後、美咲は岡田の家を独りで訪ねてきた。丁度夕食を摂り終えて、ソファで今後のことを考えていたところだった。

岡田は、まだ彼女に対する態度を決められずにいた。しかし、美里を抜きにしてこうして再会してみると、結論は既に出ている気がした。

コーヒーを淹れてカップを手渡すと、そんな何でもないことに、彼女は甚く感傷的な表情になった。岡田は、その一杯が、将来に対して持つ意味を考えているのだろうかと、その時は忖度していたのだが。

彼女はしばらくすると、「ねえ、」と面を上げた。

「撮り溜めてる映像、見せてくれない？」

「映像って、……アレ？　今見るの？」

「うん、最初から。」

岡田は、とてもそんな心境ではなかったが、映っているものがものだけに、彼が一方的に管理者として振る舞うことは出来なかった。

彼は、ハードディスクに溜め込まれた映像を、言われるがままに再生した。ひょっとすると、これを最後に処分しよう、ということなのかもしれない。確かに、もうそうすべきだった。

最初のあの幾らか緊張したやりとりを、美咲はベッドに腰掛けて、岡田に寄り添いながら、固唾（かたず）を呑（の）んで見守った。部屋の照明は落としてあり、画面の光が、彼女の顔の陰影を深めた。音量は絞ってあったが、その言葉にならない声は、部屋の隅々にまで忍びやかに反響した。

岡田は、何度となく繰り返し眺めた、その二個の裸体の重なり合いを見つめた。そして、傍らで不意に首筋のあたりから立った香りに、ピクッと体を強張（こわば）らせた。黙って彼女を見下ろして呆然（ぼうぜん）とした。その眼差しを、彼女は感じたはずだが、決して振り返らなかった。

――なぜ当然のように美咲が来たと思ったのだろう？……

次第に開放的になってゆく三回分を見て、彼女は、「今日は、撮影しないの？」と尋ねた。岡田は、彼女の目を見つめた。そこにはまだ、あの大理石の床から見上げたシャンデリアの光が、突き刺さったままのガラスの破片のように輝いていた。

四回目の映像が始まる前に、彼は再生を中止して、ヴィデオカメラを設置した。録画を開始すると、互いの服を脱がせ合い、緊張を解きほぐすように笑った。

二人は、擽り合うようにして戯れた。強く抱き合い、唇を重ね、息を切らしながら夢中の恍惚に浸った。あり得たはずの未来を慈しみながら。……

終わってからも、しばらくカメラは止めなかった。二人は全裸で、無言のままベッドに並んで横たわっていた。

やがて、ミサは起き上がると、「行こうかな。」と呟いた。

「行く？」

「……うん。今の動画、ダビングしてくれない？」

「ああ、……いいよ。」

「しばらく持ってる。いつか処分すると思うけど、それまでは持ってる。」

帰り際の玄関で、彼らはもう一度抱き合い、口づけを交わした。あの夜の記憶は、既に幾重にも塗り潰されている。しかし、夜が明けようとしていた、あのホテルの部屋の窓辺の記憶だけは、まだ上書きされないまま保たれていた。しかしそれも、明日にはこの瞬間と混ざり合って、新しい記憶として回想されるだろう。

自動点灯の照明が、一旦消えては、彼らの体の動きを感知してまた灯った。

彼らの一瞬は、永遠へと飛躍しない。しかし退屈した永遠が、酔狂に、こんな取るにも足らない一瞬に身を窶す、ということはあるのだった。

あの日の朝のように、岡田は美里を見送った。

彼女は遠ざかって行く。そうしてしばらく時間を置いて、彼は美咲と再会することになるだろう。この透明な迷宮のどこかの一隅で、出口を求めて彷徨い歩いた果てに。

……

family affair

1

町外れの小高い丘の火葬場は、周囲を緑に囲まれて、昼間だというのにしんとしている。

六月末のよく晴れた日だった。その光が、昨日までとはどうも違うようで、待合室に通された遺族の数人は、窓辺に立って外を見ながら、少し早いがもう梅雨が明けたんじゃないかと語り合っている。

故人の長女で喪主の登志江(としえ)は、入口近くに正座して、ハンカチで鼻の下の汗を拭(ぬぐ)っている。

何年かぶりに引っぱり出した喪服が、はち切れそうなほどに肥えている彼女は、葬儀の間も、涙を拭いながら、ついでに額や首筋の汗を押さえるのに忙しかった。

ただ暑いのではなく、やはりそれはそれで、父の死が悲しくて、汗が噴き出しているのだった。

登志江の傍らには、喪主の補佐役として、妹のミツ子が付き添っている。彼女は、昼食に頼んでおいた寿司(すし)が全員に行き渡っているかを、さっきから何度も確認している。ようやく返事が揃(そろ)うと、嘆息して、隣の姉が、小さな魚の形の醬油差し(しょうゆ)で、トロやイクラの上にちょんちょんと醬油を垂らしてゆく様を眺めた。そして、急に吹き出したかと思うと、

「お姉ちゃん、お焼香ん時と、おんなじ手つき。」と言った。

登志江は、意味がわからない様子で振り向いたが、自分の手の格好を見て、ようやく得心したように、

「ほんとねえ。ミッちゃん、よう気がつくね、そういうことに。」と、細い目を三日月に潰(つぶ)して笑った。

登志江は、頬の赤い丸顔で、五つほどかなり目立つホクロがある。蒸したてのあんまんのような肌で、髪は縮れているが、年の割には黒々としている。

世の中には、普通にしていても笑っているように見える顔の人がいるものだが、彼

女もそのせいで、子供の頃には、思いがけない機会に教師に叱られたり、級友の顰蹙を買ったりした。そういう人は、反対に、いつ本当に笑っているのかも、なかなか分からないものである。

ミツ子は昔から、姉のそういう顔を見ていると、無性にイライラする質だった。もういい歳なのだから、そろそろ慣れても良さそうなものだが、どちらかというと酷くなっている。大抵、端で見ている人が当惑するような余計なことを言わずにはいられない。何かほんの少しでもいいから、姉が笑っていない顔を見ないことには気が済まないのだった。

「お姉ちゃん、それにしてもよ、還暦も過ぎて、どうしてそんなに代謝がいいと?」

「代謝なんかね、これ？　もう汗が出て、汗が出て。ミッちゃんこそ着物で暑くないと？」

「全然。クーラーが寒いくらい。」

「そう？」

登志江は、目を見開いたが、白眼は米粒ほどにしか覗かなかった。そして、お手ふきで親指と人差し指を拭うと、徐にそのにおいを嗅いで、

「ほんと、醤油のにおいとお焼香のにおい、どっちもするが。」と言った。

ミツ子は、姉との会話ではいつもそうであるように、仕舞いには自分の方こそ、笑っているのかいないのか分からない、哀れむような、蔑むような表情になった。

古賀惣吉は、享年八十六歳だった。七年前に脳溢血で倒れてからは、自宅で寝たきりで過ごしたので、身内にこの死の受け容れを拒む者はなかった。悲しいには違いないが、理不尽だという感じはない。それで、皆の面には、梅雨の終わりにサッと降って止んだ雨のあとのような、どこかしら爽快な晴れ間が兆している。

十五年前に先に母が死に、その後、父の面倒を独りで最後まで看た登志江は、通夜の晩から、皆にしきりに労いの言葉を掛けられた。父の死は、それは悲しいには違いないだろうが、ホッとしてもいるはずで、そのことを一体誰が責められようか。それが、この独身の——いよいよ親も亡くして独り身になってしまった——親類に対する皆の一致した、やさしい、いい考えだった。

誰もそれ以外のことは思いも寄らない。第一、登志江自身がただ頷くばかりでまるで反論しなかった。

ミツ子は、食べ終わった二人の子供が出て行く背中に、「二時までに戻って来なさいよ。」と声を掛けた。そして、面白くもなさそうに、食べ残した赤貝を二、三度つついてまた箸を措くと、茶を飲んでしばらくぼうっとしていた。おしぼりで相変わらず顔の汗を押さえている姉に、

「それはそうと、葵はお兄ちゃんと連絡が取れたっちね?」と尋ねた。

「取れんっち。」

ミツ子は大袈裟に溜息を吐いた。そんなことは分かりきっていたが、どこかでその話をせずにはいられなかった。

「いい気なもんよ、んと。お母さんの葬式ん時には、まだせめて顔出したのにねえ。そもそも別の世界の人やったけど、こうなるといよいよ、お父さんよりもお兄ちゃんの方が死んだ人みたいな感じがするっちゃ。親族がみんなで悲しんどう時に、どこで独りでヘラヘラ暮らしとうんか。教え子だって、あんなにお通夜に来たのに。お兄ちゃんだけ、まだお父さんが生きとうっち思っとうんよ。」

そう言うと、ミツ子は子供たちが歩いて行った先で、独り煙草を吸っている姪の葵の背中を見遣った。

姪とは言うものの、長男の宏和が十代で拵えた子なので、聞くと今年でもう四十六歳になるのだという。登志江が六十二歳、ミツ子が五十四歳だから、昔から姪という

より従妹のような感じがしていた。

赤茶色の髪を額の上で大きくうねらせて、襟足はうなじが覗くほどさっぱりと切っている。目立ってO脚のあしを肩幅ほどに開き、腕組みしながら煙草を吸っているその後ろ姿には、もう彼此三十年近くも水商売ばかりしてきた女の、何とも言えない超然とした佇まいがある。年齢なりの肉づきだが、独身で、色恋沙汰からもまだ遠からぬその体には、親類が集うこんな場にはいかにもそぐわない色気が籠もっている。何を言っても、きっと話が嚙み合わないだろうと最初から尻込みさせる雰囲気を彼女自身の方でも作っていて、久しぶりに顔を合わせた親類とも、ほとんど目も合わさぬような調子だった。

実際、訃報を受けて駆けつけてから、葵はほとんど登志江だけとしか口を利いていない。取り分け、ミツ子に対しては突っ慳貪で、ミツ子はミツ子で葵のことを昔から露骨に毛嫌いしている。

葵は以前、自分の経営するスナックで未成年の少女を働かせていたというので、警察に逮捕されたことがあった。実際は、人に頼まれて預かっていた家出少女が、その礼にと、店に出てきて洗い物を手伝ったりしていたのを通報されたのだった。

この事件は地元のテレビでもニュースとして報じられ、葵は起訴猶予のまま、一ヶ月間の営業停止処分を受けた。登志江は、その時の葵の堂々たる態度に敬服していたが、ミツ子の考えは違っていた。

「お姉ちゃんには分からんやろうけど、葵は要領がいいけ、グレーな部分で上手にやっとったんよ。現に、その若い子目当てに来とったお客もおるっちゃないね。油断ならんよ、あの子は。」

ミツ子に言わせれば、宏和と葵は似たもの同士の「不良親子」だったが、葵自身は父を憎み、その分、祖父の惣吉を慕っていた。宏和と別れたあと母は再婚したが、葵が継父に馴染めなかったばかりに、結局、母子の関係も拗れてしまった。

若い頃には随分と荒れて、高校も途中で辞めている。しかし、惣吉は、この孫を殊の外かわいがった。小さい頃には、動物園に連れて行ったり、デパートでおもちゃを買ってやったりと、まめまめしく世話を焼いた。娘の登志江やミツ子でさえそんなことをしてもらった記憶はなかった。葵が自分のスナックを持ってからは、飲み歩く習慣もないのに時々店に顔を出した。「出資者として」ということらしかった。そして、葵もまた、寝たきりになった祖父をしばしば見舞った。看護をしていた登志江と本当に親しくなったのは、その時である。

惣吉が、孫の境遇に同情していたのは察せられたが、自らそれを語ることはなかった。極端に寡黙な人で、別に不機嫌なわけでもなく、人と話さないのが普通だというのが、ミツ子が昔から父を人に紹介する際に、こっそり耳打ちして詫びることだった。昨日の通夜のあとこそ、ミツ子はそういう父を懐かしんで、いつぞやの〝誘拐騒動〟をまた蒸し返していた。

惣吉が、脳溢血で倒れる二年前の年末のことである。ミツ子の家族は、珍しく旅行にも行かず、最後は父と登志江だけが住んでいた実家の公団アパートに遊びに来ていた。

夕食は近所のファミレスで済ますことになったが、惣吉は、家で茶漬けでも食べると、独り留守番をした。

ミツ子の子供は、上の姉も下の弟も、まだ小学生だった。日中から散々お菓子を食べていたせいで、ファミレスではつつく程度しか箸をつけず、ミツ子に叱られた。しばらくは、それでしおらしくしていたが、今度は八時から始まるアニメが見たいので、先に帰りたいと言い出した。

実家は、そこから歩いて五分ほどの距離だった。ミツ子の夫婦は、最初、それを許さなかった。しかし、あんまりうるさいので、仕舞いには、「なら、暗くて危ないけ、歩道橋通って帰んなさいよ。」と先に行かせた。登志江も止めなかった。

大人三人が店を出たのは、それでもせいぜい、その十五分後だった。雪は降っていなかったが、明日の朝には氷が張っているだろうというような寒さだった。

家に着くと、居間では惣吉がこたつに入って、独りでテレビを見ていた。

「あれ、……お父さん、真奈と健は？」

「知らんぞ。」

「先に帰って来んかった？」

「いや。」

「え、……どこに行ったんやか？」

四人で顔を見合わせた。ミツ子は大声で二人の子供の名前を呼んで、狭いアパートの部屋を見て回った。どこも静まり返っている。少し早足で居間に戻ってくると、ミツ子の夫が、怯えたような目をしている。

「いや、……そういえば、さっき擦れ違った白い車に子供が二人、乗っとったような、……」

「ええ？　どこで？」

「駐車場んとこで、……まさか、誘拐じゃないやろうな。」

ミツ子は蒼白になって、「警察呼ばな！」と電話を手に取った。

「オ、オレは外、探してくるけ！」

夫婦が慌てふためく傍らで、登志江はただ無言で、しかし、確かに見ようによっては笑っているとも取れる表情で父を見ていた。

「お姉ちゃん、ちょっとどいて！　邪魔！　なんね、ちょっ……あ、もしもし……あ、はい、あの子供が二人、誘拐されたみたいなんです！……誘拐！……」

ミツ子は涙声でまくし立てた。それから、リモコンを引っ摑んでテレビを消し、投げ捨てるようにしてこたつ台に戻した。惣吉は、それに手をかけたままミツ子を見上げている。

「そうです、お願いします！　住所は、……」

ミツ子がいよいよ悲愴な声で説明しかけた時、どこからともなく、ドンッという音がした。皆が廊下の奥の惣吉の部屋の方を向いた。突然、廊下を走ってくる跫音がしたかと思うと、

「おかあさん、ここにおるよ！」と、子供二人が慌てて居間に飛び込んできた。

ミツ子は咄嗟に通話口を塞いだ。そして、真っ赤な顔で子供たちを睨みつけると、声もなく口を動かしてから、電話の向こうの警察に、「すみません、……いました。」と、何度も頭を下げた。

受話器を置くなり、

「あんたたち、悪戯にもほどがあるよ!」と顔を真っ赤にして怒鳴りつけた。

彼女が子供たち以上にカンカンになって怒ったのは、父に対してだった。

「なんで黙っとったんね、お父さん!」

こたつ台を叩いて詰め寄る娘に、惣吉は「言わんっち約束したけ。」とだけ言った。

そしてまた、テレビをつけた。古い歌謡曲の映像だった。

「ちょっと、笑いごとやないよ、お父さん! テレビ消して! わたしがどんだけ心配したか、見よったやろうも!」

ミツ子の腹の虫は治まらなかった。しかし、ともかく一旦、シュンとなった子供たちを連れて、携帯も持たずに飛び出していった夫を探しに出かけた。玄関のドアを、目一杯音を立てて閉めた。

父は黙って、幾らか笑みを含ませた表情でテレビを見ていた。

った。

登志江もミツ子も、父が人をからかうのを見たのは、後にも先にもこの一度きりだった。

「何やったんかね、あれは？　未だにわからんっちゃ。死ぬ前に聞いてみなと思いよったけど、その前に病気で喋れんごとなったけね。」

ミツ子にとっては、父とはそういう人間だった。だからこそ、葵と一緒にいる時の父の饒舌――とは言え高が知れていたが――は、まったく不可解で、彼女にはほとんどいかがわしくさえ感じられていた。

二時になると、親族はまた神妙な面持ちで骨揚げの部屋に集った。

一同の目許の泥濘は、もうすっかり乾ききっていたが、葵だけは、つい今し方まで泣いていたらしかった。

運び込まれた鉄板から立ち昇る熱気が、忽ちにしてその狭い部屋を領した。

残された骨は、哀れなほどに僅かだった。誰かが砂浜に人のかたちに並べた貝殻のようで、しかもその数はまったく足りていなかった。

親族は、箸を渡されて係員の説明に神妙に耳を傾けたが、その途中で耐えられなくなって、葵独りが、ミツ子が顔を顰めるほどの勢いで号泣し始めた。

2

葬式を終えて数日後の日曜日、ミツ子が実家を訪れた。

遺産の整理は、到底、姉独りの手には負えないだろうと、彼女がその役目を買って出たのである。遺産と言っても、この古い公団の一室があるだけで、他に土地があるわけでもなければ株があるわけでもない。しかし、預金その他、彼女がまるで把握していないものもひょっとするとあるのかもしれない。面倒なのは、長男の宏和と連絡が取れないことで、そのために遺産の分割協議書が作成できない。唯一の可能性は葵だったが、彼女とは口を利きたくなかった。

玄関から勝手に家に上がり込むと、登志江は、父の介護ベッドに腰かけて放心したような顔をしている。

「お姉ちゃん、大丈夫？　お父さんの世話がなくなったけ、張り合いがなくなったやろう？」

登志江は、妹に気がつくと、ビクッとしていつもの表情に戻った。それを見ると、ミツ子は急にまた心配も失せて、

「お姉ちゃんはしっかりしとかな。お姉ちゃんの世話をする人は誰もおらんのやけ。」と言った。

そして、さすがに幾らか気が咎めて、

「お父さんは幸せやったねぇ。あんななっても、最期までお姉ちゃんに看病してもらえて。ほんと、見よったら阿吽の呼吸やったけね。お母さんじゃ、ああは出来んかったと思うよ。わたしも、無理、無理。」と言い添えた。

登志江は、今度ははっきりと分かる笑顔を見せると、

「お姉ちゃんもね、両親を二人とも看取れたけ、ああ、よかったなーっち思いよるんよ。」と、首にかけた手拭いで額の汗を拭った。

「そうそう。お姉ちゃんの運命よ。この家にずっとおったのも、そのためと思わなね？」

登志江はこの日、後回しになっていた、父の部屋の押入の整理をすることにしていた。

「わたしが来るまで、お姉ちゃん、ここは触らんでいいけ。大変やろ、独りでするのは。」と、ミツ子に言いつけられていたのだった。

押入の中は黴臭く、遺品は衣類、昔の写真、教員時代の書類、何度かツアーで行った海外旅行の書類一式、なぜか開封されていないラジカセの箱、木彫りのヒグマの置物、……と、どれも捨てるには忍びないが、さりとて取っておくのも困るようなものばかりである。惣吉自身が、大事だったからというより、ただ何となくここに貯め込んでいたのであろう。さすがに写真は捨てないつもりだったが、しかし、どこの誰とも知れない人と一緒に撮った古い写真を、このまま全部残しておいて、さてどうなるものか。そんなことを考えながら、ミツ子は姉に黙って、薄いアルバムを数冊、処分するものの山の中に突っ込んでおいた。

押入の下の段が大方片づいて、上の段の布団をどけようとした時である。登志江の足許にぽとっと何かが落ちた。ミツ子が悲鳴を上げて、「お姉ちゃん、ムカデ！」と飛び退いた。登志江は抱えていた布団で下が見えない。元に戻して畳に目を凝らすと、

「イヤッ、……ほんとね。咬まれんで良かった。小さいね。」と、脚を大きく上げた。ミツ子は、踏み潰すのかと思ってギョッとしたが、登志江は跨いで台所に向かった。なかなか戻って来なかった。その間に、七センチほどのまだ若いムカデは、毒々しいオレンジ色の足を幻惑的に波打たせながら廊下に這い出て行った。

「お姉ちゃん、そっちに行きようが！　早く！」

ようやく登志江がヤカンを手に戻って来た。そして、「どこ？」と尋ねると、指差された先目がけて熱湯をかけた。ムカデは二、三度のた打って腹を上にし、固くなって動かなくなった。床は水浸しで湯気が上がっている。

「死んだ？　大丈夫？　すごい殺し方するね。……」

「お父さんがいつもこうしよったけ。」

登志江はそう言うと、しゃがんで念のためにもう一度熱湯を注いだ。仰向けのムカデの死骸は、少し浮いて横に滑った。

廊下をきれいにすると、二人とも気が抜けたように麦茶を飲んで、しばらくただ引っぱり出した遺品を眺めていた。

「寝たきりであんなのに体を這い回られると思ったら、身の毛が弥立つね。お父さん、咬まれんでよかったが。咬まれたけど、気がつかんかったんやろうか？」

ミツ子は、気味悪そうに二の腕のあたりを搔くと、もう近づきたくなくなった押入を見遣った。

「ミッちゃん、形見に少し持って帰ったら。」

「しょうがないやろ、こんなん貰っても。残念やけど捨てなね。慎ましやかな一生やったね、お父さんも。」

　ミツ子は遺品を振り返りながら腕時計を見た。古いクーラーは、今にも息を切らしそうな音を立てている。

「暑いね、ここ。そろそろわたしも買い物に行かんと。もう、大体済んだね。……それは？　何？」

　登志江は、よいしょ、と介護ベッドから腰を上げて、畳に跪いて押入の中を覗いた。

「ああ、これ昔、お父さんが梅酒を漬けよった瓶よ。」

　登志江は、四つん這いで大きな尻をこちらに向けて、暗い奥から硝子の容器を引っぱり出した。

「重たいね、これ。」

　赤いフタの取っ手を摑んでようやく引っぱり出すと、中にはガムテープがグルグル巻きになった紙包みが入っていた。かなり古い物らしく、テープが変色して剝げかかっている。

「何やろか？」

　ミツ子は、コップを棚に置いて首を伸ばした。登志江は、手で包みを破った。中身は更に黄色い布でくるまれている。広げると、皺クチャの新聞紙が出てきた。

石に似た重さだった。包みを手で分けると、それが姿を現した。登志江は凝然とした。

「何ね、お姉ちゃん?」

ミツ子は咄嗟に、金塊ではあるまいかと考えた。それほど重たくて、こんなに大事に隠しておくものといえば、それしかない。何の資産もなかった父だが、ひょっこりそんなものでも出て来はしまいかと、実は家を出る前に考えていたのだった。姉が笑ったように見えた。ミツ子もつられて笑った。しかし、包みの中から滑り落ちた黒い物を目にして、彼女は、今度は青大将でも出てきたかのように顔を引き攣らせた。

「何ねこれ、……ちょっと、……」

初めて目にしたが、その鉄の塊は、他の何とも見紛いようがなかった。——拳銃だった。

3

「ビックリした、……おもちゃよ。」

ミツ子はそう言って、一旦は頬を緩めたが、近づいて眺めているうちに、段々具合

が悪くなってきた。そして、よたよたと後退る(あとずさる)と、皺クチャの新聞紙を手に銃を見つめる登志江に、

「ああ、……あの人よ、通夜の時に、一人ヘンなのが来とったやろ。誰か分からん、ラグビー選手みたいな体格のいい、……パンチパーマかけて髭(ひげ)生やして。ヤクザよ、あれ。お父さん、葵の店かなんかで知り合ったんやないと？」

登志江も、その男のことは覚えていた。確かに身元は分からず、しかも、香典は三万円も包まれていた。

ミツ子はまた時計を見ると、ハンドバッグを手に持って、

「お姉ちゃん、とにかく、わたしは見んかったことにして。ね？　うちは子供もおるし、関われんけ。大体、今日もお姉ちゃん一人で片づけするっち言いよったやろう？　その通りにしてもろうとったら、わたしは知らんですんだんやけ。ああ、ほんと、符が悪いねえ、こんな時に。……」

「うん、いいけ、ミッちゃん、はよ行き。お姉ちゃんがちゃんと始末するけ。」

登志江はそう言って、また手拭いで汗を押さえた。

「始末っちどうすると、こんなもん、……ああ、葵に話してみたらどう？　あの子は、お父さんから何か聞いとうんやないやろうか。——とにかく、わたしは帰るけ。わた

しは知らんことにしとって。ね？　お願いよ！」

ミツ子はそう言い残すと、見送ろうとする姉を押し止めてそそくさと出て行った。

登志江は、丸一週間、一人で悩み続けた。しかし、その様子は誰からも怪しまれなかった。

彼女は父親を亡くしたばかりだった。そして、登志江のような人間は、他の人より余計に悲しむものなのだと、周りも勝手に思い込んでいた。

ミツ子はその後、一度電話してきて、葵にはもう相談したかと確認した。登志江がまだだと言うと、この銃の出所は葵かもしれないと、唐突に、先日とは違った臆測を語り始めた。その秘密のために、父は頻繁に彼女の店に通っていたのではないか、と。そして、電話を切る間際には、重ねて、自分はあの日、あの場にいなかったし、何も知らない、もうこの件には金輪際関わらないからしばらく連絡しないでほしいと念を押した。

登志江は、電話で葵を自宅に呼んだ。すぐに来てほしいと、彼女の仕事のあとに寄ってもらうことにした。葵は、「夜中の三時くらいになるけど、いいと？」と、怪訝そうに何度も確認し、結局、その日は客もなかったので、早くに店を閉めて、日付が変わる頃に登志江の家を訪れた。

古いアパートは、忽ち葵の香水の匂いでいっぱいになった。胸の谷の一番深い翳りで一頻り揉まれたような、甘酸っぱい熱の籠もった匂いだった。

水色のジャケットを着て、首許には金のネックレスを光らせている。ラメ入りのピンクの口紅が塗られた口唇には、グラスと煙草が代わる替わる触れたあとがあった。崩れた化粧の隙間から、疲労が染み出している。

葵は、抱えてきた紙袋二つとバッグを床に置いて、一番に、仏壇に線香を上げた。

「ありがとうね、お父さんも喜ぶよ。」

葵は、りんが静まると、「おじいちゃん、どう、そっちの居心地は？　おばあちゃんもおって、寂しくないやろ？」と、まるでカウンター越しに喋っているかのように語りかけた。

それから、大きな音を立ててティッシュで鼻をかむと、ゴミ箱を探しながら、テーブルの上の物に目を留めた。立派なスイカが一玉置いてある。その傍らに、何かが置いてあって、隠すようにして、黄色い布の覆いが掛けられている。

「そっちじゃなくて、こっちの椅子。」

「え？　ああ、そっち？　はい、はい。」

「そしたら、あの、これなんやけどね、……」

登志江は立ったまま、黄色い布を取り去って、皺になった新聞紙を両手で掻き分けた。

葵は覚えず身を乗り出すと、細い茶色の眉を顰めた。登志江は、隙間の多い少し黄ばんだ歯を見せて、ぎこちなく笑っている。

「どうしたと、……こんなもの？」

「さあ、……お父さんの押入から出てきたんよ。お父さん、葵ちゃんと仲良かったけ、何か聞いとらんかねぇ？」

「知らんよ、こんなん。ええ？　ホンモノ？」

葵は腕を伸ばしかけたが、急にそれが動き出しでもしたかのように、ヒュッと引っ込めた。そして、握ったままだった鼻をかんだティッシュをテーブルに転がすと、ハンカチを取り出して指紋をつけないように銃を持ち上げた。

「重たい。ホンモノやん、これ。おじいちゃん、どうしたんやか？」

葵は段々馴れてきて、銃を縦から眺めたり横から眺めたりして、銃身に書かれている文字に目を凝らした。「SMITH & WESSON……これの名前かね？」

登志江は、銃口があちこちに向く度に、体を右に揺らしたり、左に揺らしたりした。その額から滴った汗が、ぽたぽたとテーブルを続け様に打って初めて、葵は、「ああ、ごめん、おばちゃん。」と銃口を反対に向けた。座る場所に拘っていたのは、そのせいらしかった。元の新聞の上に置く前に、葵はシリンダーを覗いた。

「弾が入っとうよ、これ。」

「お父さんの戦争の時の記念かね？」

「……勤労動員の？　おばちゃん、鉄砲作りよったっち言いよったけ。」

「……。」

「他は？　なんか、心当たりないと？　けどこれ、新しいよ。そんな古いもんじゃないけ。」

登志江は、ミツ子が言っていた弔問客の話をした。が、葵はさも馬鹿にしたようにそれを聞き流した。そして、しばらく銃を見つめていたあとで、物憂い溜息を吐いた。

「あの人よ、じゃあ、これ。」

「……お兄ちゃん？」

「そうよ。他におらんやろ、この家で、こんなの持ち込むようなんは。」

葵は、持病の痛みでも堪えるような顔の顰め方をしてから、包んであった新聞の日付を確認した。

「十年前、……なんか、店出してちょっと経った頃に、そういえば一回、会いに来たよ。わたしが逮捕された時も、取り調べで、あの人とどっかのヤクザとの関係を色々聞かれたし。なんかしでかしたんやないと？」

「お兄ちゃん、暴力団やないやろ？」

「知らんけど、チンピラやけ、なんか、関係あるんやないと？」

「警察に届けた方がいいかね？」

葵は、煙草を吸わせてほしいと断って、勝手知ったる風で灰皿を取ってきた。そして、一服してから、

「やめとき、おばちゃん。ヤクザに逆恨みされたら大事やけ。今、暴対法で使用者責任がうるさいんよ。これの出所を辿ってって、どっかの組長が逮捕されたりしてん、誰のせいかっちなるよ。おばちゃんここに独りで住んどって、誰が助けてくれると？」

葵は、群青色のマニキュアの手で顔の前の煙を払いながら、黙り込んで、流れてきた汗にもみあげの毛を貼りつけている叔母を見ていた。床擦れが化膿して痛がる惣吉を前にして、登志江はよく今みたいな途方に暮れた面持ちで立ち尽くしていた。祖父

の体の位置を変えるのも、随分と手伝ったなと思い出しながら、要するに彼女はまた、叔母がかわいそうになったのだった。

　腹を決めて煙草の火を消すと、

「おばちゃん、心配せんでいいけ。わたしがどっか、捨ててくるよ。」と言った。

「どこに？」

「どっかよ。これから考えるけど、これもおじいちゃんの供養と思って。」

　登志江は、賛成とも反対とも言わずに、ただ少し苦しそうに口を結んでいた。葵は、持ち帰るにしても、弾だけは抜いておきたくて、またハンカチ越しに拳銃を手に取った。

　慎重に親指でシリンダーを押してみたが、びくともしない。刑事ドラマで何となく見たような記憶で、安全装置らしい突起をずらしつつ、もう一度シリンダーを押すと、思いがけずおとなしく本体から顔を覗かせた。

　銃は、途端に無害になったように感じられた。葵は、改めてその黄金色に輝く金属製の銃弾を見つめ、頬を強張らせた。

「二発、撃っとうよ、この銃。……」

4

葵は結局、銃を持ち帰らなかった。虫が知らせるのか、登志江が頑なにそれを許さなかったからである。

この登志江の〝悪い予感〟は、何のふしぎもなく外れた。葵は無事にタクシーで帰宅したが、そのせいで、却って気味が悪くなった。何かが実は起きていて、自分はそれに気づかなかったのかもしれない。或いは、むしろ先延ばしにされ、これから何か起きるのか。あれは、未使用の、つまりは無垢な銃ではなかった。既に何ものかに向けられ、発砲されたあとの銃であり、この世界の何処かの何かが、そのために傷を負っているのだった。

数日後、今度は葵の方から連絡して、登志江を営業時間前の彼女の店に呼び寄せた。カウンターとテーブルが二つあるだけのこぢんまりとした店で、奥ではバイトの若い女が、つまみの仕込みをしている。惣吉が来なくなって随分と経つはずだが、壁に並ぶキープボトルの中には、まだ「おじいちゃん」という札が掛けられた〈山崎〉が一本、残されている。

壁際のテーブルに座ると、葵はまず、ミツ子が疑っていた「ラグビー選手のような体格」の弔問客が、惣吉の勤務していた学校のまさしくラグビー部の顧問だったことを告げた。店の客で惣吉の元の教え子に尋ねて分かったことだった。風貌が風貌なので、生徒からも「ヤクザ」と渾名されていたが、今も別の学校で勤務している歴とした体育教師である。

それから、ネットで検索したり、図書館で調べたりした、あの新聞紙の日付以前の拳銃関連の記事を束にして見せた。地元だけではなく、全国の事件で、スーパーの強盗や建築業者の自宅への威嚇、暴力団の抗争、武器密輸など様々だった。

葵は、しばらく治まっていた不眠症が、銃を見せられた日以来、また再発していて、目の下の隈を隠すために、化粧がいつもより厚くなっている。

「あの二発、この発砲事件の中のどれかやないかっち思うんよ。考えたくないけど、人が撃たれた事件もあるけね。……やっぱり、おばちゃんの言う通り、警察に持っていかないけんっち思って。」

「お兄ちゃんが撃ったと？」

「知らんよ、それはわたしも。別に指名手配とかはされてないけど、今は。」

「逮捕されるやろうか？」

「わからんっちゃ。」

葵は、煙草を挟んだ指でテーブルを打ちながら、笑って苛立ちを抑えた。登志江は、両手を膝の上で組んだまま、

「お父さんがお兄ちゃんを庇ってやっとったんやが、そしたら。」と言った。

「おじいちゃん、……包みの中身、知らんかったと思うよ。あのバカ息子が、大事なもんとか言って、おじいちゃん欺して預かってもらったんよ、きっと。」

「そしたらお兄ちゃん、自分で警察に届けきらんけ、お父さんに頼んだんやないやろうか？」

葵は、登志江の推理についていけなかった。頭の中でどういう話になっているのかは知らないが、ただ、父と兄との関係に、何かしら愛の名に値するものを見出そうとしていることだけはわかった。そのことを健気に思いつつ、そういう妹が、独りで父親の面倒を看ている実家に、こんな物を置いていく宏和のことが、いよいよ以て赦し難く思えた。

「そんな、自殺しきらんけ、これで撃ち殺してくれみたいな話、……ないやろ。」

葵は、今頃になって急に眠たいとぐずりだした自分の体に癇癪を起こしそうになった。

「とにかく、法律がどうとかっち言うより、人を殺したりしとるんやったら、なかったことには出来んけね。親でも何でも、それは。」

登志江は、あのいつもながらの顔だった。葵は、祖父の〈山崎〉に目を遣った。そして、やはり気になるという風にテーブルの下を覗き込むと、サンダル履きで来た裸足の足を、音がするほど強く擦り合わせていたその動きが止まった。

5

その日の深夜、登志江は突如、行動した。

父の部屋の押入に仕舞い込んでいた拳銃をまた引っぱり出すと、封筒に、電話帳で調べた隣町の警察署の住所を書いて、近所のポストに投函しに行ったのだった。

封筒は、郵便局で一枚五百円で売られている〈エクスパック〉なるもので、重さ30kgまでなら何でも定額で送れるという便利なものである。窓口でやりとりする必要もなく、ポストに投函しさえすればいいからと、脳溢血で倒れる前の父が大量に買い溜めておいて、登志江に、何か送る時はこれを使いなさいと教えていたのだった。

　登志江は、葵のハンカチを真似て、両手に軍手を嵌めて、濡れタオルで銃を磨き上げた。所々の細かな溝に水が走った。そこに、溶け出した指紋のエキスが溜まっているかのように、今度はティッシュを爪で押さえつけながら徹底的に拭っていった。黄色い布にくるんでその厚紙の封筒に入れると、かなり膨らんだが、辛うじて封をすることは出来た。

　蒸し暑い夜だった。外に出てドアを閉めると、アパートの廊下にその音が響き渡った。サンダル履きの登志江は階段を降りきるまで忍び足で、ようやく団地の敷地を出る頃には、もう汗だくになっていた。車は時々走っているが、人通りはまったくない。俯き加減の街灯は、暇潰しにケータイでも弄っているかのようで、登志江が真下を通っても見向きもしなかった。

　昼間から角打ちもやっている古い酒屋の隣にポストがある。

　息を切らした登志江は、周囲を何度も確認して、急いで紙袋から封筒を取り出した。サッと投函して帰るつもりだった。が、ポストが頑なに口を閉ざして入らない。焦って、無理に押し込もうとしても、封筒が歪むばかりである。厚紙越しに、銃の金属とポストの金属とが軋んで、互いに絶対に譲ろうとはしない。

暗闇の奥から自転車が一台、近づいて来ていた。登志江は、諦めて封筒を抜こうとしたが、今度は逆に、ポストが咥えて放さなかった。

銃口はこちらを向いていて、どうもシリンダーが引っかかっているらしい。汗で滑る両手で、彼女は封筒の両端を摑んで懸命に引っぱった。ポストを二度強く叩いた。もう一度、体重を掛けながらまっすぐに目一杯引っぱると、まるで銃が暴発したかのように真後ろに倒れた。

「キャッ！　大丈夫ですか？」

自転車に乗った若い女が、急ブレーキとともに声を掛けた。

登志江は呻き声を上げていたが、封筒は抜けていた。起き上がって、大慌てで封筒を紙袋に入れると、自転車の女を無視して、一目散に自宅に駆け戻った。もう跫音など気にしてはいられなかった。

ドアに鍵をかけると、彼女は父の部屋に駆け込み、介護ベッドに身を投げ出して一頻り泣いた。汗があまり染みるので見ると、右肘を派手に擦り剝いていて、服もシーツも血だらけになっていた。

登志江が、父の介護ベッドで寝るようになったのは、その晩以降である。腕だけでなく尻も地面で強打していて、独りではなかなか起きられなかった。しかし、特に必要がない時にも、彼女はベッドに寝転がって、リモコンを片手に背中を倒したり起こしたりして遊んだ。

四日目の夕方、彼女の許に、一本の〈発信元非通知〉の電話がかかってきた。兄の宏和だった。

宏和は、自分の父の死を、フェイスブックで知ったと言った。惣吉の教え子の一人が、近所で居酒屋を継いでいて、通夜や葬儀の日時を書き込み、ついでに通夜後の〝同窓会〟の写真も掲載しているのだという。

「お前に何もかんも任せきりで、すまんの。」

「お兄ちゃん、今どこにおると？」

宏和はその問いかけには答えなかった。

「遺産のことで、一遍そっちに帰るけ。大体、家におるんやろ？　結局は、お前が兄妹の中で一番しっかりしとうけ。俺も信頼しとる。」

「みんな、わたしのこと、馬鹿っち言うよ。」

「みんなやないで、ミツ子がそう言うんやろうが。あれこそ馬鹿たい。性根がねじ曲がっとうけの。俺もこげなことばっかしよってから、まァ、……馬鹿な人生たい。お前だけやろうが、マトモに生きとるのは。のお？」

登志江は、頬を緩めた。そして、

「お兄ちゃん、拳銃、どうしたらいいかね？」と前置きもなく尋ねた。

「あ？……」宏和は、何かを考えている風にしばらく黙っていたが、やがて、「ああ、まだあるんか、あれ。」と言った。

「あれ、お兄ちゃんの？」

「俺の？　違うわい。大体、あれはオモチャぞ。」

「オモチャ？」

「そうたい。よう出来とるけどの。」

「本当？　弾は？」

「弾もたい。当たり前やろうが。」

「あれ、お兄ちゃんのやないと？　誰のなん？」

「知らん。なんか、生徒が学校に持ってきたの、没収したとか言いよったぞ。」

惣吉が、所持品検査の「戦利品」を家に持ち帰ったことは、確かに何度かあった。しかし、包んであった新聞の日付の頃には、彼はとうに退職していた。

「そげなもん、卒業したら返すつもりで忘れとったんたい。家の整理でもしとったら出てきて、そん時に改めて保管し直したんやないんか？　オヤジも死んどるんやし、そげなことは、幾ら考えたってわからんちゃ。」

「葵ちゃんと相談して、これ、警察に届けようっち思いようんよ。」

「馬鹿！　いらんことすんなちゃ！　お前、そげなオモチャ警察に持ってってったら、また馬鹿っち言われるぞ。恥ずかしいやろうが。お前、葵に話したんか？」

「ミッちゃんが相談しっち言ったけ。」

「っんとミツ子はいらんことばっかり言うの。……頼むけ、葵は巻きこまんでやってくれ。がんばって独りで生きとうんやけ。お前も叔母さんやけ、わかろうが。俺がどげかするけ、しばらく置いとけ、それ。の？　葵は無鉄砲やけ、俺も心配っちゃ。お前、こんこと、誰にも言うなよ、もう。来週、そっち行くけ。そのままにしとけ。」

「うん、わかった。」

宏和は、登志江の返事を確認してから電話を切った。が、ものの十分もしないうちに、またかけてきた。

「さっきはの、あれやけ言わんかったけど、お前がなんか、はやまったことでもしたら大事（おおごと）やけ。……」

宏和が、登志江に語った真相はこうである。——あの銃は、十年前、葵の家に寄った際に、当時同棲（どうせい）していたコロンビア人の男が、バッグの中に隠し持っていたものだ。葵の留守中にたまたまそれを見つけて、こっそり抜き取っておいた。自分は、それを娘に見せて男と別れさせるつもりだった。ところが、同棲していた男は、銃を見つけたのは葵で、自分を警察に突き出そうとしていると勘違いして、先に葵の店の未成年者の存在を警察に匿名（とくめい）で垂れ込んだ。それがあの突然の逮捕だが、葵は未だにそのことを知らない。大体、あのコロンビア人は、ろくな奴（やつ）じゃなく、家出少女が葵のアパートで留守番をしたがらなかったのも、あいつがちょっかいを出していたからだった。しかし、そんなことはすべて葵が傷つくので言ってない。葵はとにかく、殴られても蹴（け）られても、あの男が好きで仕方がなかったから。そうしている間に、今度はこちらに事情が出来て、銃を持っていることが出来なくなった。それで、ほんのしばらくの間、父の惣吉に預かってもらうことにした。巻き込みたくなかったので、事情は話していない。しかし、その後もずっと身を隠して暮らしているので、どうしても取りに行けなかった。……

「これは、お前にだけ話す秘密やけの。葵には、絶対に言うなよ。」

葵を密告するのと同時に、不法滞在のそのコロンビア人は姿を消した。しかし、葵はまだ未練があるのだろうと、宏和は言った。

「あの銃、やっぱり本物なん？」

「それはお前が知らんでいいことたい。詮索すんな。これは俺と娘との親子の問題やけ。オヤジに頼んだのは悪かったけど、……俺も、他に頼るモンがおらんけくさ。」

「お父さん、中身知っとったと？」

「見とらんやろ。俺と約束したんやけ。」

「お兄ちゃん、あれ、取りに来ると？」

「行く行く。来週行くけ、それまで待っとけ。危ないけ、絶対触るなよ。いいか、お前が何も心配せんでいいことやけ。」

登志江は、言われた通りに一週間待ったが、兄は帰ってこなかった。電話もなく、連絡先も教えられなかった。そのうちに、急に連絡が絶えたのを心配して葵の方が訪ねてきた。

「どうしたと、おばちゃん？　大丈夫ね？」

葵は、部屋に入るなり鼻を突いた湿布の匂いと、大きな絆創膏を幾つも貼った肘を見て驚いた。

「こけたんよ。……葵ちゃん、あれね、おばちゃんが、もうちょっと持っとくけ。」

「なんで？」

「うん、……取りに来るっち。」

「誰が？」

「お兄ちゃんが。」

「なん？ 電話してきたと？ どっから？」葵は、目を剝いた。「何ちね？ 言って、おばちゃん、大事なことやけ。」

登志江は、困った顔をしていたが、更に強く迫られて、宏和から聞かされた話を、ほとんど一字一句違わずに伝えた。葵は、補導の常連だった十代の頃のような険しい顔になって舌打ちした。

「ウソ、ウソ！ ウソよ、そんなの全部！ んと、ぶちクラそうごとあるね！ 口から出任せばっかり言って！ 今度ばっかりはっち信じて、どんだけ裏切られてきた？ おばちゃんこそ、よう知っとうやろうも。おじいちゃんも、アイツがじきに取りに来るっち言ったけ、捨てんで持っとったんやろ。」

「お父さん、葵ちゃんを心配してお店に通いよったんかね？」

「関係ないっちゃ、おばちゃん！ おじいちゃん、中身知らんかったんやけ！」

葵は、手にしていたライターをテーブルに叩きつけた。

「カピが逃げたのは、わたしが逮捕されて、不法滞在が発覚しそうになったけよ。カピがなんで銃なんか持っとるん？　アイツは馬鹿やけ、ガイジンなら銃くらい持っとるやろうっち、その程度の偏見よ。そんな、匿っとった女の子にまで手え出しとったとか、よう言えるわ！　ほんと、最低よ！　どっか別の人間の鞄から銃を抜いてきた話を、わざとごちゃ混ぜにしとるんよ！……」

葵は、憤懣やるかたない様子で頰を震わせた。そして、続けて何か言おうとする度に、口を固く噤んで涙を堪えた。そして、

「もう、いい。……わたし、なんかもう、面倒臭い。」と言った。「あれ、やっぱりわたしがどっかに捨ててくるけ。もういい。関係ないんやけ、なんもわたしたちに。それでお仕舞いにしよう。――どこにあると、おばちゃん？」

登志江は、首を強く横に振った。葵は苛立った。

「なんで？」

「わたしが捨ててくるけ。」

「いいけ。おばちゃんだけやったら心配なんよ。わたしに任しとって。」

登志江は、俯いたまま黙り込んだ。葵は、念押しのためにもう一度口を開きかけた。

まさにその時、登志江は唐突に、ブーッと、地響きがするような物凄い音のおならをした。

葵は面喰らった。反射的に身を強張らせたまま、目を白黒させた。

今のは一体、何だったのか？　叔母のことは理解しているつもりだったが、目の前で平気で屁を放るような人ではなかった。登志江はそのまま、微動だにしない。あまりのことに、椅子の脚の音か何かを、聞き間違ったのではと訝った。

「そしたら、……一緒に行こう、おばちゃん。二人で。ね？」

葵は、まさかわざととは考えず、そのまま聞き流すことにした。登志江は、額に汗を溜めたまま、ようやく顔を上げると、

「捨てようかね。それがいいね。」と笑顔を見せた。

6

二人は最初、山に捨てに行こうと相談していた。と言うより、葵がそのつもりだったのだが、人目につかない暗い時間——夏だけにそれは本当に遅い時間だった——に、山道から逸れて林の奥へと分け入ってゆくことを想像しているうちに、段々恐くなっ

てきた。まるで死体でも埋めに行くかのようである。それで、海に捨てることにした。浜辺に打ち上げられても困るので、沖に出たかったが、そんな手立てもない。最後に葵は閃いた。

「ああ、関門海峡に捨てに行こうか。ね、あっこやったら潮も速いし、沈んだらわからんやろ。」

　葵の計画は、関門汽船の連絡船に乗って、門司港から下関へと行く途中で、あれを海に投げ捨てるというものだった。簡単なことだが、猶予はなかった。夏休みに入ってしまえば、家族連れの利用客が急増するからである。

　その日は、七月中旬の平日だった。

明け方こそ薄曇りだったが、天気予報では「午後は晴れ」となっていた。もし酷い雨なら、船室の外に出るのが不自然なので延期する予定だった。

約束通り、午前九時に葵から決行の連絡を受けた登志江は、アブラ蟬が一匹、網戸に取りついて啼いている父の部屋の押入の奥から、例の傷ついたエクスパックを取り出した。開封して黄色い布を捲ると、黒々とした拳銃の背中が現れた。

　居間のテーブルについて、葵がやっていた通りにシリンダーを外し、二個の空の薬莢も含めて弾を全部込め直した。そして、カチッと音をさせて元に戻すと、その凹凸の一つ一つを太い親指でなぞっていった。

登志江は、両手でそれを構えて、昨日また買ってきた台所の一玉のスイカを狙ってみた。何をどうしたら、照準が合うなどということは分からなかったが、とにかく、映画などで見ている通りに、銃口を向けて片目を瞑ってみた。昂揚していた。立ち上がって、色々な場所で銃を構えた。しばらくして、銃を仏壇に置くと、線香を上げて、「南無阿弥陀仏、南無阿弥陀仏、……」と手を合わせた。

それから、スイカを切って、そのほとんど種のない真っ赤な果肉に、指で塩を塗りながら齧りついた。一人で四分の一を平らげたところでさすがに腹がいっぱいになった。

葵とは、正午に黒崎駅で待ち合わせた。登志江は、不格好に膨らんだバッグを襷がけにして、白いハンカチでしきりに汗を拭っていた。葵は虎の絵がプリントされた大きな白いTシャツを着てきた。

鹿児島本線の快速で門司港駅に向かった。車内は閑散としていて、握り手のない吊革が、車両が傾く度に整然と揺れた。

二人は一言も言葉を交わさなかった。門司港駅の改札を出ると、葵はようやく口を開いた。

「なんか、おじいちゃんと一緒におった時のことを思い出しよったっちゃ、わたし。人と一緒におって、こんなに黙っとうのも久しぶりやけ。おばちゃん、やっぱり似とうよ、おじいちゃんに。」

葵はただ、懐かしくてそう言ったのだった。しかし、登志江がいつにも増して黙り込んでいるのは、バッグの中身のせいである。とすると、祖父のあの沈黙も、実は同じ秘密によっていたのだろうか？

祖父はやはり、包みの中身を知っていて、だからこそ、いつも店のカウンターで、独り静かにウィスキーを飲んでいた。「お前が一緒に住んどる外国人の持ち物、預かっとるぞ。」と、今にも口にしそうになりながら。だからカピは、何も言わずに突然、自分の前から姿を消してしまったのだろうか？——またしても、そうした疑念に囚われそうになって、彼女は首を振った。カピが自分を警察に売ることなど、絶対にあり得なかった。そんな人じゃなかった。しかしもし、万が一、隠し持っていた銃が見つからず、こちらが彼を裏切ろうとしていると思い込んでしまったならば。……その時の彼の表情が、まるで見たかのように鮮明に脳裡に浮かんで、彼女はまた強く首を振った。

連絡船乗り場は、駅の目と鼻の先だった。一時間に三本の運行で、丁度今、下関行きが出たばかりである。

「暑いね。……次まで二十分か。おばちゃん、わたしちょっと、向こうでソフトクリーム、買ってくるけ。おばちゃんもいるやろ？」

「うん、そうね、ありがとう。」

「ここで待っとってよ。どこにも行かんで。いいね？」

葵が出ていくと、登志江は待合室に一人残された。予報通り、陽射(ひざ)しが強くなり、二階建ての建物の中は、余計に暗く感じられた。運賃表や時刻表、観光ポスターなどで埋め尽くされた券売所の窓口には、女が一人座っていて、頬杖(ほおづえ)を突きながらパソコンを眺めている。

登志江は、バッグを開けてそっと黄色い布を避(ど)けた。銃口が、息苦しそうに顔を覗(のぞ)かせたのを見て、彼女は微笑(ほほえ)んだ。小犬の額を撫(な)でるように、人差し指でそっと銃身に触れた。風邪でも引いたかのように熱がある。

葵はなかなか戻ってこなかった。来る途中にあったソフトクリーム屋の方を見たが、誰もいない。乗り場の方に目を遣（や）ると、〈福岡県警察〉と書かれたボートの前で、電話を掛けながらこちらを見ている男がいる。

登志江のうなじに横一本めり込むようにして走る皺には、汗が溜まっていった。

「葵ちゃん、……」

立ち上がろうとした時、入口のドアが開いた。振り返ると、薄い茶色のサングラスをかけたワイシャツ姿の男が、こちらに向かって歩いて来る。小脇（こわき）には黒いセカンドバッグとスポーツ新聞を挟んでいる。

登志江は咄嗟（とっさ）にバッグの中に手を突っ込んで銃を握り締めた。汗が指の隙から滲（にじ）み出した。男は、登志江の前を素通りすると、窓辺に立って桟橋の方を眺めた。

ようやく、そこに葵が戻って来た。手にはソフトクリームが二つ握られている。

「ごめん、ちょっとタバコ吸いよって。それにしても暑いね、今日は。……ちょっ、おばちゃん、隠さな。」

葵は、登志江が鞄の中で銃を握り締めているのにギョッとした。顔を近づけると、耳許（みみもと）で強く叱責（しっせき）するように言った。登志江は、バッグの口を閉めると、ソフトクリームを受け取った。銃に込めた弾は、抜かずにそのままにしてあった。

連絡船は、丁度ソフトクリームを食べ終わった頃に到着した。アナウンスに促されて外に出ると、待ち構えていたかのような熱気のしつこさに閉口した。葵はほとんど喧嘩(けんか)腰で虚空(こくう)を睨(にら)みつけた。

空は青々と晴れ渡っていて、ちぎれた雲が白銀にかがやいている。

桟橋に、下関から戻ってきた白い船が到着した。足許が揺れた。客が降りると、係員がすぐに、「はい、どうぞ。」と促した。

葵はそれとなく後ろを振り返って客の数を数えた。自分たちも含めて六名。船は二階建てで、一階はクーラーの効いた客室、二階は屋根の上で、真ん中に背中合わせにオレンジ色のベンチが設(しつら)えられている。

一階の窓は開かない。葵は先に立って乗り込み、迷わず二階に向かった。登志江はあとに続いたが、葬儀の日以来、また一段と太っていたので、焼けつくように熱い手摺(てすり)を頼りに、急な階段を登るのに酷く難儀した。

幾つかの計算違いが葵を不安にさせていた。まず対岸までの時間が思いの外短く、たったの五分しかなかった。しかも船は小さく、どこにいても人目についてしまう。誰も二階に来なければいいがと思っていたが、まず小さな子供が駆け上がってきて、それに両親が続いた。更に、薄いサングラスを掛けた先ほどの待合室の男が階段から姿を現した。

葵は、その男の顔を初めて真面に見て、怪訝な表情を浮かべた。背格好はまるで違うのに、なぜかミツ子が騒ぎ立てていた、あの「ラグビー選手みたいな体格の男」と見間違ったからである。目を逸らすと、ステンレス製の手摺から下を覗いた。丁度、満潮らしく、めざましいほどのエメラルド色の波には、たっぷりとしたうねりがある。

二人は一先ず、ベンチに腰を下ろした。船のエンジンは掛かったままで、その振動で尻がくすぐったかった。ベンチもかなり熱を持っている。

「動き出したらわたしについてきて。頃合い見て合図するけ。」

登志江は頷いたが、いつものあの笑っているのかどうかよく分からない表情が気懸かりだった。

「わかっとうね、おばちゃん？　大丈夫？」

登志江は、ひっきりなしに噴き出す汗を拭いながら頷いた。サングラスの男は、二階を一周したあと、登志江のすぐ隣に座った。

ゆっくりと動き出した船は、桟橋を離れると、大きく左に旋回して海峡を渡り始めた。

「しゅっぱつしんこー。」と、三人家族が声を上げた。

船は、見る見るスピードを上げてゆく。葵は風で顔に貼りついた髪を払った。周防灘から響灘に向けて、潮は狭い海峡で圧縮され、静かな豪然たる力で押し寄せてくる。エンジン音が大きく、船上アナウンスの声はよく聴き取れない。船が切り裂いてゆく波は、時折その飛沫を二階にまで届かせる。あとには、白い波の残骸が棚引いている。

時間がなかった。対岸に並ぶビルのシルエットは、刻々と大きくなってゆく。背後の風師山は小さくなる。海峡の丁度真ん中あたりに差し掛かった時、葵は立ち上がって、空惚けた様子で手摺に向かった。緊張していた。登志江もそれに付き従ったが、よろめいて、慌てて葵の腕にしがみついた。背後では子供の歓声が上がっている。思いがけず、二人につられたように、あのサングラスの男も一緒に手摺に近づいてきた。

葵は舌打ちして「なんね、邪魔やね。」と呟いた。あと恐らく二分半ほどしかない。

彼女は登志江を隠すようにして立って、前方を望むふりをしながら男の様子を窺った。男は遠くの関門大橋を茫然としたような面持ちで望んでいる。葵は、背後の登志江に、「今、今！」と促した。

登志江はただ立っていた。葵は、「おばちゃん、早よ捨てんね！　今っちゃ！」と葵は、「おばちゃん、早よ捨てんね！　今っちゃ！」と鋭い小声で命じた。家族は、ベンチを挟んで反対側にいる。「早く！」

登志江は、ようやくバッグを開けると、こともあろうに、拳銃を裸のまま取り出した。降り注ぐ白昼の光の下に、堂々と姿を現したその鉄の塊は異様だった。違法なものの暗鬱な重さが、周囲を忽ちにして引き込んでゆく。登志江はしかもグリップを握っている。

「ちょっと、何しようんね！」

弾が込められている。そのうちの二発は既に撃たれている。今にもこちらに向きそうな銃口に恐怖して、葵は登志江の汗ばんだ腕を引っ摑んだ。銃を払い落とそうとした。しかしその時、彼女は叔母が、ほとんど引き金を引きそうなほど強くグリップを握り締めたのを感じた。

「捨てないけんやろ、おばちゃん！　手ェ放し！」

最後は銃身を鷲摑みにして、もぎ取るようにして投げ捨てた。ボトンという間の抜けた音がして、激しく飛沫を上げる波の中に銃は一瞬で見えなくなった。

葵は、サングラスの男がこちらを見ていたような気配を感じた。しかし、敢えて振り向くことはせず、ただ俯き加減の叔母の横顔を見ていた。

船は現場から遠ざかってゆく。もうその海原のどの底に銃が沈んでいるのかはわからなかった。


下関に着くと、同船していた者たちは、それぞれに街に向かって歩いて行った。前を行くサングラスの男の足取りは遅かった。桟橋の終わりで行き先を迷っているかのように立ち止まると、去り際に彼は、最後に降りた葵と登志江を一度だけ振り返った。

二人は、岸壁に立つと、海峡の潮の流れを、しばらく放心したように見つめていた。つい今し方までは、対岸で右から左へと追っていたそれを、今は反対に左から右へと見送っている。

「もう大丈夫やけね、おばちゃん。」

葵はまだ動悸(どうき)の治まらない胸を、猛(たけ)り立つ虎のプリントの上から押さえた。汗が流れ込んだのか、登志江はしきりにハンカチで目を拭っている。葵の手の中には、先ほどの今にも暴れ出しそうだった叔母の腕の力が残っている。それは、不意に宿ったカピの腕の力のようでもあり、また結局は、憎んでも憎みきれない宏和の腕の力のようでもあった。

「もう何も心配せんでいいけね。おばちゃんとわたしだけの秘密やけ。何があっても黙っとかないけんよ。」

「そうね、内緒にしとかんとね。」

「そうそう、内緒よ。何も心配要らんちゃ。おじいちゃんが見守ってくれとうけ。早よ忘れよう。これからはおばちゃんも、独りで悠々とあの家で暮らしたらいいんよ。面倒看る者も、もうおらんのやけ。」

葵がそう言うと、登志江はその最後の言葉に肩をぶつけられたように面を上げた。海風が微かに立った。頬に貼りついていたもみあげの縮れ毛が不意に浮き立って震えた。眩しい波の反射を逃れたその登志江の顔は、やはりいつも通りの、笑っているのかいないのか、どちらともつかない表情だった。

火色の琥珀

物質的な火が、薪に働きかけてまず第一に始めることは、それを乾燥させることであり、湿気を外に追い出し、薪が含んでいる水分をしぼり出してしまうことである。それから間もなく薪をこがし、まっ黒にし、醜くし、悪臭を放つことさえさせる。そして少しずつ乾かしてゆき、薪を明るくし、火に反対するような　暗く醜い偶有性のものをすべて引き出し、追い払う。そして遂には、外側からそれを燃え立たせはじめ、熱くして、それを自分に変化させ、火そのもののように非常に美しくする。

——十字架の聖ヨハネ『暗夜』

私はこの話のために、一つ穴を掘りました。そこに向かって何もかも喋ってしまったら、土を被せて埋めてしまうつもりです。

そんなことをするくらいなら、最初から黙っておくがいい。――黙っていたんです、ずっと。しかし、「おぼしきこと言はぬは、げにぞ腹ふくるる心地しける。」という『大鏡』の「序」の文句は本当です。それで私も、「昔の人はもの言はまほしくなれば、穴を掘りては言ひ入れはべりけめ」というのに倣おうというわけです。

オウィディウスの『変身物語』にも、アポロンにロバの耳に変えられたフリギア王の耳を見て、「地面に穴を掘り、自分が見たままの主人の様子を、小声で話し、掘った穴のなかへささやきかけた」床屋の話が出てきます。王様の耳はロバの耳という、例のアレです。洋の東西を問わず、人は同じ事を考えるのでしょうか？　それとも、この話がどうかして、遥々日本にまで伝わってきたのでしょうか？

私は別に、彼らのように、誰か権力者の恥部を握っているわけではありません。ただ、私自身の恥部を握り締めて生きてきたのです。誰に咎められる筋合もないですが、いたずらに世間の耳目を集めないのが身のためと思ってきました。だから、もしこの話が人の耳に入るようなら、それは誰か物好きな人間が、私の埋めた穴を掘り返したからです。みんな穴の中から聞こえる声です。

私は、とある地方の三代続く和菓子屋の倅です。祖父も父も京都の同じ老舗の店で修行しており、地元では、上生菓子を買うならここと、誰でも一番に名前を挙げるほど、名の通った店です。私が成人する頃には、県内外にデパートの地下売場も含めて、八店舗を構えていました。

子供の時分から、私は父の仕事を見ているのが好きでした。よく粘土細工でカラフルな煉切を拵えては、父から「お前は筋がいい。」と褒められ、得意になったものでした。私は、将来は当たり前に家業を継ぐものと思い込んでいて、あまり悩むこともなくその通りになりました。私は一粒種でした。

父は、腕のいい菓子職人でした。私は、父の下で修行した短い時間に、つくづくそう思いましたが、あんなに繊細で、上品な菓子を作る人だったのに、生活は派手で、とても堅気の人間の趣味とは思えない外車を三台も乗り回し、家の外に何人も女を作っていました。

父が思いがけず早くに肝臓ガンで死んだ時、そのうちの一人の子供が、相続権を主張してうちを訪ねてきました。父の浮気を半ば黙認していた母も、さすがに隠し子がいたことまでは知らなかったようで、大きなショックを受けました。相手方は事を荒立てるつもりはなく、相応の金を渡して、これ切りだという念書を取り交わすことで片がつきました。ずるずると長引く話なのではと懸念していた母は、以後、一切姿を現さなかったその青年のことを、終いには幾らか感心していました。

私は、自分に思いの外よく似た——つまり、中肉中背であまり器量の良くない——その三つ年下の青年の顔を、今も忘れることが出来ません。まったく現実的でない想像ですが、父がその何処ぞの女と私の母とを抱く順番が違っていたなら、私と彼との立場は入れ替わっていたのかもしれないと、そんな埒もないことを何度か考えました。

母は、私が物心ついて以来、ほとんど笑ったところを見た記憶がない、色白の、虚ろな表情の人でした。必ずしも陰気というわけでもなく、ただいつも心ここにあらずという感じなのです。父が京都時代に知り合ったらしく、当時、芸大の油絵科の学生だった母を、将来、自分の仕事を手伝ってほしいと口説いたのだそうですが、そのくせ、母が菓子作りにほんの少しでも口出ししようものなら、父は烈火の如く怒りました。

商売が上手くいっていましたから、家は裕福でした。母は、着る物にも持ち物にも不自由はしませんでしたが、もういい年になってからも、どこか青臭い芸大生気取りが抜けず、せっかく高い服を買っても、わざわざ妙な民族衣装や古着を合わせて着崩さないと気が済まないようなところがありました。

今のようにネットもなかった時代に、苦労して、やたらとマニアックな映画のヴィデオや本を収集していて、それを自尊心の砦としていました。好きな本を尋ねられて、マックス・エルンストの《百頭女》だとか、オクターヴ・ミルボーの《責苦の庭》だとか、わざとのように人の知らない本の名前を挙げては、得々としている母の姿には、少々痛ましいものがありました。父は、そういう母に対して、残酷なほど冷淡でした。私は、その父の感覚こそ真っ当だと思うのですが、しかし母がそんな人間に成り果ててしまったのは、父のそうした態度の結果に違いないのです。

私は、自分の風変わりな気質について、思春期には、随分と思い悩みました。父の色好みは、かなり屈折した形で、やはり受け継いでいるように思います。その一方で、母の夢見がちな性分も遺伝したのでしょう。内省を重ねた分、私の自意識は却って頑なになったように思います。人は自分自身に対して、きっと適度に無関心であるべきなのでしょう。さもなくば、誰に何を言われても、聞く耳を持てなくなってしまいます。一体誰が、私ほど私自身のことを根気強く、時間をかけて考えてきただろうか、と。

いつから、というのが、私の場合、常に大きな関心事でした。

例えば私は、幼時に父が小豆を煮るのを間近で眺めていて、何か特別な感覚に襲われたという記憶はありません。私は女性に興味がないのでわかりませんが、子供の頃に銭湯や温泉の女風呂に入ったことのある男は、同じように、その時には何も感じないのではないでしょうか。

最初の自覚は、どちらかというと、他人との違和感の中から芽生えました。

私は、同性愛者でもないのですが、彼らの性意識の目覚めの回想には、私と同じ類いの経験がしばしば見受けられます。

周りの友達が、女の胸や尻に興味を持ち始めた頃、私はというと、それらの部位にまるで無関心でした。ただ、みんなの輪の中にいるためだけに、それを見たがり、触りたがるふりをしていました。クラスの中で好きな女の子をでっち上げて白状してみたり、既にブラジャーを身につけ始めた子の噂話に加わってみたり。私はうまく立ち回っていたと思います。しかし、本心は常に別の場所に置き去りにされていました。

言葉や表情では、人は幾らでも嘘が吐けます。けれども、体はそうではありません。

私は、自分はどこかおかしいのではないかと、真剣に悩み始め、同じようにぽやんとしている、まだ声変わりの気配さえない同級生を眺めながら、要するに自分は幼いのだろうかと、考えてみたりしました。

私は不能ではありませんでした。他の少年と同じように、最初は特段の対象もなくそれが起こり、過敏さのあまり痛みで飛び上がったりしていました。

違っていたのは、彼らのその現象が、やがて迷いなく女と結びついていった点です。

私の場合、そこに到頭連絡は生じませんでした。

私にとって、女の裸は冷蔵庫や茶碗と何も変わりませんでした。これほど嘘偽りのない反応は、恐らく人間には他にないのではないでしょうか。もし、強権的な少年が一人いて、猥談の度に、参加者たちの股間を弄って検査でもしていたなら、私はたちまち〝仲間じゃない〟ことがバレて、爪弾きにされていたでしょう。

私を、精神的な意味で彼らから決定的に遠ざける事件は、小学五年生の時に起きました。

私の通っていた小学校の周辺には、地元の土地持ちが所有する山とも呼べないような山が幾つもありました。その内の一つの雑木林の奥に、何の小屋だったのか、民家とも様子が違うボロボロの廃屋がありました。

私は、ある時上級生に連れられて、その「秘密基地」への出入りを許されて以来、放課後や休みの日には、しょっちゅうそこでお菓子を食べたり、ジュースを飲んだり、或いは、基地を飾り立てたりすることに時間を費やしました。その飾りは、大抵は、次に訪れた時にはメチャクチャにされているのですが。

そこは知る子供ぞ知る一種の溜まり場で、床にはタバコの吸い殻が散乱していて、壁は決して小学生の手によるものではないスプレーやマジックの落書きで埋め尽くされていました。私たちはその痴呆的な内容を声に出して読み上げては、いつも笑い転げていました。

当然、その手の雑誌も山ほどストックされていて、ある時などは、処置に困ったらしい誰かが、デパートの紙袋たっぷり二つ分も置いていったことがありました。

私は、それらのページを散々茶化して捲ってゆきながら、その実、その場で自慰をしたくて堪らないのを、必死で堪えている級友たちの表情を見て、何とも言えない孤独を感じたものです。小屋の中で、薄汚れた使用済みの避妊具を発見した時には、彼らの妄想も手がつけられないほどに猛り狂っていました。

あの日は、朝からしとしとと雨が降る盆前の夏休みでした。

朝から自宅で退屈していた私のところに、級友の一人が、息せき切って駆けつけました。

「秘密基地が燃えてる！　火事だって！」

私は飛び起きて、彼と一緒に大慌てで駆け出しました。なぜかわかりませんが、その燃えさかる炎に、自分は絶対に間に合わなければならないと感じていました。

遠くから黒煙が見えました。廃屋に通じる狭い林道には、既に消防車が三台も詰めかけていましたが、ホースが届かず、放水は開始されていませんでした。私たちは、進入禁止線を迂回して、蟬がやかましく鳴く裏道から小屋に近づきました。

そこには既に、同じ考えの少年たちが数人、集まっていました。私がそれまで、一度も顔を合わせたことのなかった中学生たちもいました。

「ウオッ、すっげぇ！」

深い緑の樹々に取り囲まれたその廃屋は、半熟卵の黄身のような濃いオレンジ色の炎に包まれていました。木材が破裂するような轟音がしていて、黒煙と白煙が競い合うようにして立ち昇ってゆきます。

「ああ、オレのエロ本が燃える！」

私の知らない中学生が剽げた声を上げると、隣の少年が「バカかオマエ。」と、その頭を叩きました。小学生は、皆笑いを堪えるのに必死でしたが、ただ私独りが笑いませんでした。

私はその噎せ返るような大量の煙に、これまで経験したことのない胸騒ぎを覚えました。

炎は眩しく、熱く、雨空を背に、その勢いはいよいよ熾んになってゆきます。

やがて、放水が始まりました。銀色の防火服を纏った消防隊員らの一挙手一投足に、子供たちは見惚れていました。しかし私は、次第に火勢が弱まってゆく様を、何か残酷なものを目の当たりにしているような、胸を締めつけられるような心地で見守っていました。

やがて、消防隊員の一人が、私たちに気がつき、大声で「コラッ、お前ら、帰れ！」と怒鳴りつけました。その頃には、さすがに皆も火事見物に飽き始めていたので、逆らってまでその成り行きを見届けようとする者はいませんでした。誰からともなく、このあと皆で上級生の家に遊びに行く相談が持ち上がりましたが、私は所用を理由に独り抜け出して、一目散に家に帰りました。

私は自室に飛び込むやいなや、鍵をかけ、彼らに気づかれないようにポケットの中で抑えていたものを取り出しました。激しい心拍に震えていました。私は、湿ったTシャツに染み付いた煙の臭いを胸いっぱいに吸い込みました。そして、今し方の炎に、私の夢中で動かす手の中のものが包み込まれ、焼かれる様を思い描きながら、その苦痛の想像に、生まれて初めての忘我を知りました。

以来、私は火を恋し続けてきました。

この告白が、どれほど馬鹿げたものと受け止められるかは、想像がつきます。私はだから、半ばは嗤われまいとする自尊心から、また半ばは自分自身の生活を守る必要から、決してこのことを口にしてきませんでした。

世間の無知な常識人たちは、私を変質者と見做すでしょう。そして、やはり常識的だけれども多少は知的な人たちは、私を精神病の一症例として、樹木や銅像に性的興奮を覚える人たちと同等に扱うでしょう。

どっちでも構いません、もし彼らが私をそっとしておいてくれるのであれば。しかし、人を愛することの尊さを説く間抜けや、況して治療を施そうとする独善に至っては、到底我慢なりません。

私はよく、人類が火をまだ知らなかった時代のことを夢想します。古代ギリシアには四大元素という考え方がありましたが、水や空気、土とは違って、火は自然の中に常にあるものではありません。火山だとか、落雷だとか、自然発火の山火事だとか、時折、突発的に、まったく非日常的なものとして出現するのが火だったはずです。

それから、人類はどんな手を使ったのか、火を飼い慣らすことに成功したのです。そんな時代には、熱烈に火に憧れ、火を崇拝し、一種の神秘主義者として、火との一体化を夢見る人たちがたくさんいたのではないでしょうか？　火に入る虫のように、燃え盛る炎に好き好んで飛び込んで、焼け死んだ者も数多くいたことでしょう。

彼らはそうせずとも生殖相手にも恵まれずに自然淘汰されていったはずです。しかし、完全に滅び去るわけでもなく、その後も折々、私のようなのが現れては、結局、一代で消えてゆくということを繰り返しているに違いありません。

そもそも、恋というのは何なのでしょう？　性的な興奮が、十分条件だとは言いません。しかし、必要条件だとは思うのです。

私はとにかく、いつまで経（た）っても女には一向に興味が湧（わ）かず、といって、男を好きになることもありませんでした。第一、私はその、恋愛対象として人を好きになる、ということ自体、実は頭でしか理解出来ていないのです。

人を好きになる人たちは、一体、何が望みなのでしょうか？　どうなることが幸福なのでしょう？　肉体的に結ばれ、一つになりたい。私はエロスを理解します。しかし、それ以外となると、途端に混乱してしまうのです。精神的な支えになって相談に乗ったり、慰め合ったりする。日々の由無（よしな）し事を語り、笑い、一緒に食事に出かけ、映画を見たり、コンサートに行ったりする。結婚して経済的な共同生活を営む。子を産む。子を育てる。……

私は、そういうことが、まったく理解出来ないというほど、浮き世離れはしていません。しかし、どうしてそんな煩（わずら）わしいことを、恋の相手に求めるのか、それがわからないのです。どれもこれも、友情や家族愛で十分に満たされるものではないでしょうか？　会社の人間関係に悩んでいるという話を、食事をしつつ二時間も聴いてやったあと、彼らは、さァ、と気を取り直してセックスに励むのでしょうか？

人は一般に、愛の方が性欲よりも崇高で、純粋だと勘違いしています。しかし、私に言わせれば、これは言語道断の誤解であって、愛などというのは、偽りと打算に満ちた、遥(はる)かに不純な代物(しろもの)です。愛が脆(もろ)いのは、その混ぜ物のせいです。しかし性欲は純粋です。それはただ、ひたすらに合一化だけを夢見る欲望であって、決して愛だとか、況してや生活だとか（！）に堕落することはないのです。

秘密基地の火事以来、私は、火を目にする度に胸が苦しくなりました。熱せられた香油が、拍動の度に心臓から染み出して、周囲に浸潤してゆくような感覚です。

私は、母の影響で幾分多読でしたが、気になるのは、火の描写ばかりです。同級生たちが、渋々読まされる純文学作品の濡(ぬ)れ場のページにだけ目を奪われるように、私はとにかく、芥川龍之介(あくたがわりゅうのすけ)の《地獄変》や《奉教人の死》を読んでも、川端康成(やすなり)の《雪国》を読んでも、心搔(か)き乱されるのは決まって火が出てくる場面なのです。ダンテの

《神曲》などは、至る箇所に火の描写が表れる私のお気に入りで、ギリシア神話では、哀れなパエトーンの物語を繰り返し読んだものです。実は、水の精を描いたフーケーの《水妖記》を読んで、火の精の短い、ポルノグラフィックなメルヘンを書いてみたこともあります。勿論、最初から人に読ませるつもりなど毛頭なく、ただ私独りの愉しみのために書いたものでしたが。

私は、女の裸を見たがる同級生らが、どうして一冊の猥本で満足出来ず、次から次へと別の雑誌を手に入れたがるのか、そして、父のような人間が、どうして母だけでは満足出来ずに、ああも大勢の女の体を求め続けたのか、ようやく理解しました。

私は最初、自宅にあったマッチを擦っていました。今でも私は、マッチの先に隠れている火を、腕を引っ掴むようにして連れ出す瞬間が、堪らなく好きです。なかなかつかずに、火花だけを散らしてすぐにまた逃げてしまう様などは、何とも言えずかわいらしいものです。頭薬から立ち昇る煙の残り香を鼻から吸い込むだけで、もう立ってはいられなくなります。一旦点いた火が、とろけるように軸木を伝って私に迫ってくる時には、幾らか指先を焼かせてやるくらいです。

しかし、もっと違う姿も見たいと、すぐに思うようになりました。

私は何度か、母の目を盗んでは、台所のガスコンロに火を灯しました。しかし、これはあまり気に入りませんでした。王冠のように燃え立つ青い炎は、さぞや美しいだろうと期待していたのですが、食べ物の煮炊きに用いられると思うと、急に醤油臭い感じがしてきて、興醒めなのです。食欲と性欲とは、そもそも両立しないものです。というより、似てはいるものの、消化器系と生殖器系という所管の違いが、互いに争って各々に集中させないのです。

その一方で、気性の激しい、うるさい火も好きではありません。私は、阪神・淡路大震災の火災の際には、さすがにテレビを見ていて憂鬱になりました。私はもっと、優美な、幾らかウェットな火が好きなんです。

勿論、最初に私の心を射止めたのは、あの秘密基地の火事の火でした。けれども、あれには詩がありました。私は後に、母と一緒にタルコフスキーの《鏡》という映画を見た時、自分が目にしたのとそっくり同じ火がそこに映っているのに吃驚しました。初恋の人が、なぜか昔のソ連の映画に出ているのを発見したような、そんな驚きです。

私は、父が愛用していたダンヒルの金色のガスライターも時折、拝借しました。あれは、マッチと違って、いつまでも火が消えないので、ゆっくりと時間をかけて、その姿を眺めまわすことが出来ました。机に立てられて、手が自由になる点でも重宝しました。

あの堅牢な真鍮製のボディが、外界から火を守ってやりながら、どこか贅沢な鳥籠のように火を囲っているという感じは、私に最初の征服感を齎しました。しかし、それが父の手に握られているのを目にし、父のタバコの火となって吸われているのを見た日には、嫉妬で気が変になりそうでした。町中で、タバコを目にする度に私は同じことを思い、必然的に、中学に入る頃には喫煙が習慣になっていました。私のファーストキスの日付は、初めてタバコを吸った日だと思っています。

タバコと言えば、大失敗がありました。

私は、中学に入ってほどなく、タバコの火を自分の腕に押しつける喜びを知りました。それまでも、ちょっと指先が火傷するくらいのことはありましたが、二の腕の内側の、一番肌の柔らかい部分を許してやったのは初めてでした。さすがに少し勇気が必要でしたが、その脳に響くような鋭い痛みは、期待に違わず私に激しい恍惚感を齎しました。

私は、しばらくは絆創膏で火傷の痕を隠していたのですが、暇さえあればこっそりめくって、そのキスマークを確認し、自分でもそこに唇を重ねてみたりしました。
丁度、制服が冬服の時期だったので、誰も私たちの秘事には気がつきませんでした。しかし、そのうちに、どうしても飽き足りなくなって、二つ、三つと増えていくうちに、到頭、父に見つかってしまいました。

父は、てっきり私がイジメられていると思って大変な剣幕で学校に怒鳴り込んでいきました。教師もまた、私が自分でそんな馬鹿をするはずがないと、その後、イジメの犯人捜しを巡って、大騒動になりました。

私は困り果てて、しばらくは口を噤んでいましたが、終いには面倒になって、道で絡まれたと地元の有名なヤクザの組の名前を挙げました。本来なら、それこそ、傷害罪で訴えたりと警察を巻き込んでもっと大事になりそうですが、予想通り、父も学校もすっかり怯んでしまい、それで沙汰止みとなりました。

その後も、私の悪癖は直りませんでした。ただ、もう腕のような目立つところにタバコを押しつけるのはやめて、もっと直接に、一番人目につかないところにだけ、こっそりとキスマークをつけることにしました。

私が最も愛用したのは、中学二年の時に理科室から盗んできたアルコール・ランプでした。今思い返しても、私は、このアルコール・ランプから立ち上がってくる火が一番好きでした。忘れられない火です。

炎は、飽くまで上品に、その艶めいた優美な曲線が、先端ですっと儚くなるように調整してありました。色は足下だけが、幾分アイシャドウのように青褪めていますが、全体はあの秘密基地の火事の火のようにしてあります。そっと息を吹きかけると、くすぐったそうに身を捩るのですが、またすぐに取り澄ました様子で屹立する様がいじらしく、私は自然と笑顔になったものでした。

ランプの形自体がまた、何とも言えず愛らしいのです。丁度、掌に収まるくらいのあの大きさといい、小児のペニスを抜き取ってアルコール漬けにしたかのような白い芯といい、その先端の色素沈着的に黒ずんだ焦げ目といい、何もかもが、私の火の栖にはピッタリです。

ふたを開けて、マッチを擦り、そのアルコール・ランプの上に、ほら、とそっと火を移してやると、束の間ただ、私だけのために歌ってくれるのです。

燃焼は、時間に灯された永遠です。火を前にして、私の時間は燃えてしまうのです。

私は、自分の中のすべての欲望を、ただ火への恋一点に純化することで、人生を単純化し、透徹したものへと変えてきました。それは、絶対に成就しない片思いであり、だからこそ、その情熱は、私の生を絶え間なく満たし続けてきました。私が人生についぞ虚無感を覚えたことがないのは、まったくそのお陰なのです。

さて、二十三歳の時、思いもかけないことが起こりました。前年に父が急逝し、まだ半人前以下の私は、古くからの従業員に支えられながら、母とどうにか店を続けていました。散々、女を抱き続けた父の体は、私よりも早くそうして火に包まれ、焼かれてしまったわけですが、そのことが、別離の悲しみとは違った引っかかりを私に残していました。非常に辛い時期でしたが、その私に、なんと、好意を寄せる女性が現れたのです。五歳年上の彼女は、茶道教室の若い師範で、瓜実顔の色の白い美人でした。

私は、受付に立って、彼女の注文をいつも聞いていたのですが、ある時、母の目を盗むようにして名刺を渡されました。メールアドレスに赤線が引かれていて、連絡してほしいというメッセージが添えてありました。

私は何のことかさっぱりわからないまま、言われた通りにメールを書き送り、その返信で食事に誘われることになりました。

私は、彼女に何の興味もありませんでした。しかし、そういうことを経験したのは初めてで、うれしかったのは事実です。約束の期日まであれこれ考えているうちに、これはひょっとすると、私の人生の転機なのかもしれないという気がしてきました。半信半疑ながら、私は女を愛するようになるのではないか、と。

繰り返しになりますが、私は、人に魅力を一切感じない人間では決してありません。ただ、恋愛対象が火だというだけです。母は、父の死とその隠し子の件で憔悴しきっていましたから、息抜きに外の人間と会うことは楽しみでした。友人は皆、遠くの大学に行ってしまい、実家に留まっていたのは私一人でした。

彼女は、ランチの約束をした日、待ち合わせのイタリアン・レストランにいつものように着物で現れました。

私は、何を喋って良いものやらわからず、口を噤んだままでした。驚いたのは、彼女もまた緊張からか、ほとんど喋らず、落ち着かない様子で深呼吸などする始末なのです。

やがて、少しずつ、彼女の方が店で買った菓子の中でも、何がおいしかった、好評だったという話をし始めました。私は、菓子作りそのものは好きでしたから、それに答えているうちに、少し会話が続くようになりました。

彼女は、見れば見るほど美人でした。こんな人が、よりにもよって、火にしか興味のない菓子屋の倅を好きにならなければならないこの町の狭さは嘆かわしい限りです。私は、彼女が不憫になってきました。というのは、彼女には明らかに、自信があったからです。

デザートまで食べ終え、コーヒーを飲んでから、彼女は痺れを切らして、私に「おつきあいしている人」がいるかと尋ねました。私は、正直にいないと答えました。「人」ではないからです。彼女は、それを聞いて、少し頰を赤らめました。そして、そこから先は私の言葉を待ちました。私は仕方なく、またお食事でも、と言いました。彼女は物足らない様子でしたが、笑顔で、ええ、是非と返事をしました。

そんなことが二度、三度と続くと、引っ込みがつかなくなってきました。

私は、彼女と肉体的な関係を持つ決心をしました。相変わらず、私は彼女に対して、性的には何ら惹かれるところがありませんでしたが、自分の変化を期待する気持ちは依然ありました。女性を、というのではなく、せめて女性も愛せるようになるならば、悪いことではありません。少なくとも、私の将来を心配して、縁談までを持ちかけるようになっていた母は、それで安心してくれるでしょう。

その日、私は彼女の自宅に夕食に誘われました。当然、ただ食事をして帰ることなど、考えてはいませんでした。

サラダや肉料理など、食卓は彩り鮮やかで、私はその腕前に感心しました。どこかで習った風の料理でしたが、そもそものセンスがいいのか、まだ若いのに、非常に洗練されているように見えました。

赤ワインのボトルを二人で半分ほど飲みましたが、私はいつも以上に無口でした。食事の間、私は折々彼女の口許を盗み見ては、そこに自分の口が重ねられるところを、一種の訓練のように想像していました。そして、総毛立つような気持ち悪さを感じ、不安を覚えました。

きっと、おかしなことと思われるでしょう。私は常々、火との接吻を夢見ていました。そのイメージは、明らかに人と人とが交わす行為に由来しているのです。私が火に見ている曲線の美しさや挙動の愛らしさも、きっと非常に女性的なものと感じられるのではないでしょうか。しかし、いざ生身の女を前にしてみると、私はやはり、互いの粘膜を粘液とともに絡め合うという行為に、理屈を飛び越えてゾッとしてしまったのでした。

食事を終えて、私たちは紅茶を飲みながらソファで寛ぎました。２ＬＤＫの品の良い落ち着いたマンションで、家具や置いてあるものの好みは、母の悪趣味とは対極的でした。私は完全に無口でしたが、彼女がここに至ってもまだ興醒めしないのは、ほとんど意地のようにも思われました。

沈黙が長引くほどに、焦燥が募ってゆきました。彼女は、体の位置を動かすふりをしながら、何度か私に触れ、やがて肩に頭を乗せてきました。乾坤一擲、私はキスをしてみました。彼女の舌が私の中に入ってきた瞬間、私はダメだと思ってしまいました。唾液の酸っぱいにおいが鼻をつき、私は臭いと感じました。というより、間近で嗅いだ女の体のにおいそのものが、私に現実の受け容れ難さを痛感させたのです。それは、私の貧しい女の想像が、ついぞ準備出来なかった意外な要素でした。第三者に嗅がせれば、私よりも彼女の方が比べものにならないくらい、いいにおいだったことは疑いの余地がないですが。

反射的に体を離すと、彼女は驚いた顔でこちらを見ました。そして、必ずしも見当違いとも言えない独り合点をすると、少し笑って、「大丈夫。」と言い、そのまま私をベッドに引っ張っていきました。

一つ、まったく考えていなかった問題が生じました。薄暗がりの中、彼女は私の火傷の痕だらけの性器を目にして、驚いて、「どうしたの?」と尋ねたのです。迂闊というのか何というのか、私はいの一番に心配しなければならないそのことを、完全に忘れていました。咄嗟に、子供の頃いじめられていたという嘘を吐きました。すると、彼女は私が何に拘って、肉体的な関係を持とうとしたがらなかったのか、勝手に納得しました。そして涙ぐみながら、死んだように動かないそれを撫でさすり始めました。

私は、いよいよ以て困惑しました。私は彼女の善良さに心打たれましたが、その裸を目にして、胸や尻を触ってみても、やはり何の興奮もありません。五感のすべてが、彼女の存在を拒絶していたその時、思いもかけない僥倖が訪れました。

硬直して、ただベッドの上で横になっている私に業を煮やした彼女は、一度リラックスするためにと、いつも使用しているというアロマキャンドルに火を灯したのです! 私は、縋りつくようにしてその火を見つめました。私の体には、ほとんど条件反射的に変化が兆しました。……

母の本棚から抜き取って読んだ、どこぞの思想家の本の中に、こんな記述がありました。人間が火を熾すことを思いついたのは、性交時の摩擦熱を知っていたからだと。馬鹿なことを考える人間もいるものだと、私は吹き出して読んだものですが、その本は大まじめに、様々な傍証を引いていました。

私は、彼女との行為中、ただひたすら、火を見つめながら、そういうことを思い出していました。彼女を、火のメタファとして、言わば火の代理と見做そうと努めていたのです。

どうにかこうにか、事を遂げたあとの安堵から、私はこの「代理」という考えをしばらく気に入っていました。それは、汎火論とでも言うべきものです。彼女だけではなく、この世界のあらゆる場所に火は満ちていて、きっかけさえ与えられれば、すぐにでも燃え立つのです。私は、人がこの世界を美醜や善悪といった基準で眺めるように、ただ一切を燃え易いか、燃え難いか、という観点からのみ秩序づけていきました。私のヒエラルキーに於いては、紙や大鋸屑は最高の存在で、金やルビーやサファイヤは最低の物質でした。

私は、触れられない火に触れる代わりに、机を撫でさすり、本を愛玩し、女の手を握りました。その裸体をやがて燃えるべきものとして抱きしめました。

それから数年間が、私とこの世界との蜜月だった気がします。

彼女が、私がどんなにつまらない人間か気づくのに時間はかかりませんでした。彼女には、私は酷く冷淡な人間と感じられていたようです。人の心がわからないとよく詰られましたが、返す言葉もありませんでした。それでも、関係は八ヶ月続いたのです。私は、人として彼女が嫌いではなかったので、残念でしたが、どれほど部屋を蠟燭だらけにして交わっても、やはりあのべとべとする粘膜の接触だけは、生理的に好きになれませんでした。

私は、それから仕事に精を出し、ほとんどその頃の記憶がないほど働きました。夜になると、私のかわいい火に取り囲まれながら、束の間、至福の時を味わいました。それは私の、ささやかな人工楽園でした。

その日、私はいつものように、ライターにキャンドル、アルコール・ランプと様々な火に取り囲まれて、店の二階の自室で独り昼休みを過ごしていました。ズボンのベルトを外して、惚けたようになっていました。一時前になって、そろそろ店に戻ろうかと思っていた時、突然ドスンと下から突き上げるような大きな衝撃を感じ、部屋はしばらくかなり揺れ続けました。

地震のない地方ですから、私は動揺しました。デスクに並べた火たちが、驚いて逃げ出してしまうのではないかと心配になりました。実際、奥に立てていたガスライターが一本、倒れて既にデスクを焦がし始めていました。私は、それを起こそうと腕を伸ばしました。

その瞬間、私が最も愛玩してきたあのアルコール・ランプの火が、我慢出来なくなったように、私の腕に飛びかかってきたのです。いえ、火が悪いんじゃありません。私が、化繊のセーターを着ていたのが悪かったんです。あっという間に、私は火だるまになりました。それは、かつて経験したことのない激痛で、最初は火を引き離そうとしたり、服を脱ごうとしたりしていましたが、上手くいきません。無我夢中でドアに駆け寄りましたが、生憎と鍵をかけていたのを忘れていました。そこで、押したり引いたりしていた間に、右目をやられてしまいました。ようやく外に出られると、私は脱げかけたズボンの裾を踏んで、階段を転げ落ち、店の石畳の上でのたうち回りました。

私は消火器ではなく、盥の水で火を消されたようです。激痛の中で、母の悲鳴が聞こえ、ああしろ、こうしろと、色々な人の叫び声が飛び交っていました。

私は、Ⅲ度の火傷が、体表の30パーセントにも及ぶ重傷でした。ついでに足を骨折していました。救急病院で医師が母にした説明は、かなり悲観的なものだったようです。しかし、私は一命を取り留めました。母は、私の将来を心配して、それから随分と病院を探しました。特に、顔の大部分をケロイドに覆われ、一生独身で過ごさねばならなくなることを心配していました。

私が転院した先の病院では、湿潤療法と呼ばれる、比較的新しい治療法が用いられていました。傷口を消毒したり、削ぎ落としたりすることなく、湿潤な状態を保ち続けることで、皮膚の再生を促す方法で、約一年半ほどかけて、火傷の痕は驚くほど目立たなくなりました。救急病院で告げられた皮膚移植をすることもありませんでした。

それでも、最初は目も当てられない姿でした。担当医はガーゼを用いず、患部に乾燥を防ぐ覆いを被せるだけでしたが、十日ほどかけて皮膚が白く壊死してゆき、それがドロドロと溶け出してゆく光景は、おぞましくグロテスクでした。私は、自分が何にともつかないまま、変身しつつあるということを強く感じました。壊死した皮膚が取り除かれると、まるで少年の亀頭のように鮮やかなピンク色の肉芽が露わになりました。私は後に、死の淵から生還したと、人から随分と言われましたが、その肌を見ていると、やはり一度死に、再生した、という方が近い気がします。

今では私は、ごく普通の生活をしています。店は半年ほど休みましたが、完治を待たずして再開し、客足も少しずつ戻っていきました。皆、私の火傷の痕が思いの外、目立たないことに驚きますが、そんな話をしていると、時折不意に沈黙が生じます。彼らは、私に尋ねたくて仕方がないのですが、言わば慎みから我慢しているのです。つまり、一体、何をしていて火傷したのかと。

私は、リハビリ中の一年間、自分が恋に狂った挙げ句に何か別な存在に変身してしまう、ギリシア神話の登場人物にでもなったような気分でした。しかし、思いがけず、日常はまた戻って来たのです。

あの時飛びかかってきた火。まだ死んでもいない私を、早まって炭化させようとした火。私がすっかり信頼しきっていて、意のままに愛玩しているつもりだった火。

……

ようやく落ち着いたある日、私は改めて、アルコール・ランプを買い求め、マッチを擦ってその先端に火を立たせました。

あの時、ほとんど人の大きさにまで膨れ上がって、私に縋りついてきた火は、何食わぬ様子でちょんと輝いています。ひらひらと揺れる炎の先。小さく窄んだ尻。ぺろっと舌でも出しているような明々としたその光。……何もかもが昔のままです。

私と火とは、あの時、結ばれました。そして、私はなぜか燃やし尽くされることがありませんでした。私の風貌は、予想に反して、人間の女性にも、まだ愛されることを期待させる程度にまで恢復しました。

その上で、私はやはり、目の前の火を愛おしいと感じました。既に結ばれ、また結ばれることを恐れつつ夢見る私たちの関係は、より深まったのだと今では確信しています。

あれから随分と時が経って、私は近頃では地元のローカルテレビから取材をされたり、講演を依頼されたりするようになりました。

火傷の大怪我を克服して、人生を前向きに生きている人。私はそう見做されていて、実際その通りだと思います。ただどうしても、そういう時には言わずに済ませてきたことが、腹の中に溜まりに溜まっているものですから、こうして穴でも掘って、みんな吐き出して、埋めてしまおうと思っているのです。

Re：依田(よだ)氏からの依頼

東日本大震災から、丁度二年が経った頃である。

小説家の大野は、少し前に一緒に仕事をした演劇関係者Tから、「依田氏からの依頼」という件名のメールを受け取った。依田というのは、劇作家で演出家の依田総作のことである。無音を簡単に詫びた後、近々、面会の時間を作ってほしいと、内容も明かさずに書いてあった。大野はこの人が好きなので会うのは構わなかったが、一応、何事かと返信で尋ねた。が、「詳しいことは、お目に掛かってから」と、はぐらかされてしまった。

Tは、この業界ももう随分と長い、仕事の良く出来る女性で、メールのやりとりは常に簡潔明瞭、返信の度に必ず件名に通し番号を振るほど几帳面な人だけに、珍しく曖昧なところが気になった。

それでも大野は、依田が今も自分のことを気に掛けてくれていると知って、嬉しくなった。そのくせに、彼自身は、依田の近況をまるで知らなかったので、慌ててネットで検索をして、Wikipedia の彼のページに目を通した。しかし、載っていたのは、極簡単なプロフィール程度だった。

１９５５年、石川県金沢市生まれの劇作家、演出家。十代の頃から詩作に取り組み、『現代詩手帖』、『ユリイカ』等に投稿。その後、東京に移住し、慶應大学文学部独文科を卒業。文学座を経て、劇団〈バルコン〉を創設し、《愛憎》で岸田戯曲賞、《反作用》で読売演劇大賞を受賞するなど、高い評価を得ている。また、早くから海外での活動に力を入れ、その戯曲は二十カ国以上の言語に翻訳されている。……云々。

気になったのは、この二年間、依田がほとんど活動をしていないらしいことだった。大野はふと、依田は何かの事情で、あの時被災したんじゃないだろうかと考えた。

そういうことが、自然と頭に浮かぶ二年間だった。

＊

大野が初めて依田と会ったのは、十数年前の雑誌の対談だった。

思弁的な戯曲と緻密で詩的な演出、それに、写真でよく見る本人の猛禽類のような目つきから、大野は依田のことを、気難しい人なのだろうと想像していた。年齢は、依田の方が二十歳上だった。

実際に依田と会っても大野はやはり緊張したが、同時に、真の才能の持ち主――才能が人生の幸福でもあり、また禍でもあるような人――がいつもそうであるように、ある種の親切さ、愛想の良さがあり、その抑制された知性の表れ方には色気があった。少し袖を捲った黒いハイネックのセーターにグレーのウールのパンツという、シンプルな出で立ちだったが、良い服なんだろうという感じがした。大野は依田の作品に畏敬の念を抱いていたが、本人については、「かっこいい人だった。」とあとで何人かに印象を語った。

依田は、対談の後半まで、当時まだ二冊しか出ていなかった大野の小説には、一切言及しなかった。きっと読んでないのだろうと、最初はがっかりしていたが、むしろ読んだものの、褒めても貶してもいいような、微妙な感触だったらしい。評価というのは、必ずしもその両極の間で整然とグラデーションを成しているわけではなく、何か些細なことで、どっちにでも転がり得るというのは、実のところ、よくあることだった。

対談は、三島由紀夫没後三十年記念として、新国立劇場から委嘱された依田の三幕物の戯曲《反作用》がテーマだった。大野の方はと言うと、三島の《わが友ヒットラー》へのオマージュとして書かれた、この硬質な、男ばかりの思想劇に甚く感銘を受けていた。

60年代に、20世紀のドイツ文学を代表する作家エルンスト・ユンガーが非公式に来日していた、という史実に着想を得て、実はその時、三島と会っていたらしいというのが、この芝居だった。

ユンガーと言っても、日本ではほとんど知られていないが、その存在には、恐ろしく人の好奇心を掻き立てるところがあり、依田は第一幕冒頭の会話で、手際の良い紹介を行っていた。

ユンガーは、ハイデガーにも多大な影響を与えた、保守革命派の急進的な作家で、その特異な思想の源泉は、第一次大戦時の凄惨を極めた西部戦線での体験にあった。志願兵として最前線の戦闘に身を投じた若き日のユンガーは、一年後には少尉となり、更に突撃隊長となって以後、四年間に、重傷で入院すること七回、大小十四箇所もの傷を負いながら、取り分け友軍の救出に於いて比類ない勇敢さを発揮し、〞英雄的〟と称される数々の行動によって、第一級鉄十字勲章、更には軍人としては最高の栄誉であるプール・ル・メリット勲章を授与されている。戦間期には、《総動員》を始めとする政治的著作によって社会に衝撃を与え、ファシズムの理論家と目されながらも、ナチスには一貫して批判的だった。第二次大戦末期には、有名なヒットラー暗殺計画にも間接的な関与があったが、辛くも処刑を免れている。

　不死身とも言うべき生命力の強さで、戦後も旺盛な執筆活動を続け、依田の戯曲が発表される直前の１９９８年に百二歳で死んだ。《反作用》には、そのユンガーの訃報も巧く盛り込まれていた。

　芝居は、主人公の文芸編集者が、会社の資料室で、《エルンスト・ユンガー×三島由紀夫対談》と記されたノートを発見するところから始まる。全集にも未収録で、世界的な注目を集めるべきこの対談は、しかしなぜか一切記録が残されておらず、テープの所在も不明だった。調べてゆくと、企画を実現したのは、生前の三島と親しかった老年の元編集者だった。

　第二幕、第三幕は、訪問先の自宅で、重たい口を開いてこの元編集者が明かす事の真相である。過去と現在、虚と実を複雑に往来しつつ、場面の一つ一つが微塵の曇りもなく透徹していて、折々、挟まれる対談の再現では、この二人のスタイリストであれば斯くやとばかりに絢爛たる台詞が白熱する。ドイツ語も堪能な碩学という設定の元編集者が通訳も務めるという状況は込み入っているが、回想的な映像を駆使した興を殺がぬための工夫が周到に凝らされていた。

全体に《わが友ヒットラー》の向こうを張る——作中でユンガーが同作を一笑に付すシーンがある——議論に次ぐ議論の芝居だが、サスペンスも効いていて、大野が観た日も、幕が下りると熱狂的な拍手が巻き起こった。

対談相手として、大野の名前が挙がったのは、90年代後半に彼のように〝三島好き〟を公言する人間が、文壇では極めて例外的だったからである。依田は、過去にも何度か三島を巡る対談をしていたが、相手が決まって一本調子な政治的批判に終始することに辟易していた。

二人の対談は三時間にも及び、大野は結局、依田に気に入られた。話が終息に向かう途上では、依田は徐に、かなり気前よく大野の小説を褒めてくれた。幸運にも評価はそちらに転んだのだったが、大野はただ短く礼を言うことしか出来なかった。

その後、顔を合わせる機会も何度かあったが、いずれも、公演後の楽屋裏だとか、依田の受賞パーティだとかの慌ただしい面会で、特に深い話をしたわけではなかった。折に触れて、大野は作品の感想を認めた長いメールを送ったり、書評を頼まれて文芸誌に書いたりしていたが、この五年ほどはやや疎遠で、新刊は必ず献本していたものの、気がつけば、依田からの献本は絶えていた。

＊

Tに夕食がてらと指定されたのは、西新宿の高級ホテルだった。大野は十分ほど遅れたが、テーブルに依田の姿はなく、紹介されたのは未知恵夫人だった。グレーの、政治家の妻が着るようなスーツに、玉の大きい真珠のネックレスをしている。髪は額で分けられ、撫でつけられていて、襟足だけが「し」の字のように外に跳ねていた。

起伏のない顔立ちで、短い細い眉が、触角のようにピンと吊り上がっている。年齢は四十代後半に見えるが、「夫人」という些か古風な言葉に、努めて相応しくあろうとしているような雰囲気があった。

Tと三人で、ミシュランの星付のフランス料理店で食事をした。

依田夫人は、リストを見ないまま白ワインの銘柄を指定したが、生憎(あいにく)とそれがなく、ソムリエは近いものとして、別の幾つかを提案した。何でもないやりとりだったが、夫人は酷(ひど)く狼狽(ろうばい)して、本当にないのか、どうしてないのかと喰い下がった。

Tが横から助け船を出して、推薦されたワインの中から、値段と甘い辛いだけで、適当なものを選んだ。ソムリエが退(さ)がると、依田夫人は、指定した銘柄がいかに美味(おい)しいワインか、そしてどれほど二人に飲ませたかったかを、気の毒なほど熱心に弁じた。詳しくて知っているというより、どこかでたまたま飲んだワインという感じだった。

彼女はそれで、機嫌を損ねたというわけではなかった。前菜が出てくると、歓声を上げてTの腕を叩(たた)きながら、「いや、すごい、美味しそう!」とケータイで写真を撮った。大野とは目を合わさなかったが、自分が彼女の視界の縁に絶えず引っかかっているのは感じられた。

奇妙なことに、依田の話は一切出なかった。最初に大野の小説について、帯の宣伝文句をそのままなぞったような言葉で称讃(しょうさん)した。恐らくは一冊も読んだことがないのだろう。それからは専(もっぱ)ら、Tと大野の知らない人間の噂話(うわさばなし)をしていた。実家が資産家らしく、彼女は、プリザーブド・フラワーを取り扱う会社の役員をしているのだという。

大野は自分が、何の用件でここに呼ばれたのかが、さっぱりわからなかった。

一皿目のメインディッシュが下げられると、さすがにTが大野を気遣って、依田夫人に本題に入るように促した。

彼女は、手にしていたパンを置いて指先を払うと、今日は二つお話があります、と言った。

一つ目は、今度、小説の戯曲化を推進する組織を設立して、その委員になったから、ついては、あなたの作品も候補作に加えさせてほしいというものだった。

大野は、ぽかんとしてその話を聞いた。何のためにそんな組織が必要なのか、そしてまた、なぜそんな許可を彼に取ろうとするのかが理解できなかった。

大野はTの顔を見た。Tは、わざとのように水を飲んで、彼の視線をかわした。

テーブルが静まり返ると、夫人はようやく二つ目の話をした。依田のことだった。

彼女は、この二年間、夫の身に起きていることを具(つぶさ)に語ったが、そのあまりに強烈な内容に、大野は相槌(あいづち)を打つことさえ忘れていた。

そんなことがあり得るのだろうか？　自他共に認める懐疑的な性格の大野には、俄かには信じられなかった。しかし、初対面ではあったが、依田夫人にそんな複雑な作り話が出来るとは、到底思えなかった。だとすると、依田が仕組んだことなのか？　それこそ考え難かった。

テーブルは、デザートを前に一旦すべて片づけられた。大野は、目の前でパン屑が集められるのをぼんやりと見ていた。腹はいっぱいだったが、何を食べたのか、ほとんど記憶になかった。

「それで、依田さんからの依頼というのは？」

大野は、夫人に尋ねた。

「はい、」と、彼女はバッグから大きな茶封筒を取り出した。「依田から聴き取った話のメモと、それから録音がちょっとありますので、これを大野さんの方で、小説にしていただきたいんです。」

「小説？」

「小説みたいな、その、何か、……依田は小説にしてほしいと言ってます。」

大野は、受け取った封筒の中を覗いて、

「小説なんかにしないで、これをそのまま発表したらいいんじゃないですか？」

「そのままじゃ、無理だと思います。」Tが口を挟んだ。

「……。」

確かに、小説の題材としては恐ろしく魅力的だったが、大野はやはり気乗りしなかった。

「そもそも、なんで僕なんです？」

「依田のたってのお願いです。大野さんしかいない、と。依田は、ショパンとドラクロワのことを書いた大野さんの小説がすごく好きなんです。」

「ああ、読んでくださってたんですか。……でも、あれはもう死んだ、昔の人たちの話ですから。生きてる人となると、話が違います。そういうのの得意なルポライターとかにお願いした方が良いですよ。」

「依田は、そんなんじゃなくて、小説にしてほしいんです。大野さんのやりたいようにやってくださって構いませんので。一度、目だけでも通して下さいませんか？」

デザートの皿が来て、ウェイターが説明を始めたので、話は中断された。依田夫人は、アイスクリームが添えられたガトー・ショコラを一口食べて、バッグを手に席を立った。

姿が見えなくなってから、大野はTに、

「なんで先に話してくれなかったんですか？」と言った。

「すみません。でも、わたしからはうまく説明できなくて。誤解を与えて、大野さんに断られてしまうと困りますし。」

Tは、丸眼鏡の上で、いつも申しわけなさそうに眉を山にして、顎（あご）に梅干しの種を作って喋（しゃべ）る人だった。

「大体、……本当ですか、今の話？　依田さんには会いました？」

「一度だけ。奥様が話されてる通りだと思います。」

大野は、口を結んで溜息（ためいき）を吐（つ）いた。

「奥さんとは前からのお付き合いですか？」

「いえ、最近です。結婚自体が、この一年ほどですから。」

「信用できるんですか、あの人？　こういう言い方は何ですけど、作家が死んだあと、よく配偶者と出版社との間で、版権問題がややこしくなったりするじゃないですか。で、よくよく聞いてみると、生前から奥さんの差配で、作家が雁字搦（がんじがら）めになってたとか、親しかった人との交際がみんな絶たれてしまってたとか。正直、そういうタイプの女性に見えなくもないです。」

Tは、よくわかるというふうに頷（うなず）いてみせつつも、

「でもね、大野さん、そういうケースでは大体、奥さんがいないと、その作家さん独りでは生きていけない状況なんですよ。責められないところもあるんです。」と、理解を求めるように言った。

「それは、……そうなのかもしれませんけど。——依田さんはどうなんですか？」

Tは、切なそうに首を横に振った。「依田さんは、あの奥さんがいないと、まったく生活できません。」

大野は腕組みして考えた。

「Tさんは、僕がこの仕事をやった方が良いと思いますか？」

「やってあげてほしいです。」

「あの奥さんのためにですか？」

「依田さんのためにです。」

丁度そこで、依田夫人が戻ってきた。

大野は結局、返事を保留して、資料だけは預かることにした。

＊

封筒には説明通り、夫人が依田の言葉を聞き書きした原稿と、録音データが収められたＵＳＢメモリーとが入っていた。

夫人は一応、時系列に整理しているようだったが、このままでは出版できないというのは、なるほど納得された。文章は途切れ途切れで、意味不明の箇所が――夫人自身が（？）をつけているところも含めて――かなりあった。

喋っていたことが、終わりまで辿り着かずに消えてしまったり、まったく別の話に変わってしまったりしている。てにをはは混乱していて、主語も述語も、支えを失って、水に浮いているような感じだった。とはいえ、全体的には決して支離滅裂ではない。

そして、録音された依田の声は、不気味だった。低くてよく通る、大野の知っている声だったが、イントネーションがメチャクチャで、音節も混乱していた。テープを逆回転したように聞こえる箇所があり、聞き書きにある通り、長い文章になると、不意に沈黙に吸い込まれてしまう。

人間が発している言葉という感じがせず、と言って機械のようでもない。声は、届くはずもない遠くから発せられているかのようで、その途中で無数の傷を被っていた。

大野は少なくとも、依田夫人の話を信じる気になった。録音自体は短かったが、聞き書きの内容は、やはりとてもじゃないが、彼女がすべてでっち上げられるものではなかった。出来事の異様さだけでなく、依田らしい思考も窺われたが、ただ、夫人の言葉もかなり混入している様子だった。あるいは、直接夫人に語った言葉まで書き起こされているのか。そういうちぐはぐさは感じられた。

大野は考え込んだ。依田は自分に何を伝えようとしているのだろうか？　小説にして欲しいというのは、一体、どういう意図なのか？……

資料の分量自体は、もし本当に小説にするなら、せいぜい中篇程度だった。

大野は、この壊れた言葉の集積を、一先ずは、自らの興味から復元してみることにした。文意を推測して欠損を補い、何らかの暗示と取れる部分には色を変えて解釈を添えた。しばらく作業をして、彼は結局、一つの文体の必要性を痛感した。

彼なりの理解は、ある方向性を以て働いていたが、根本的に誤解している可能性もあった。その懸念を慎重に維持しようとするあまり、草稿は、書いては消しの繰り返しだった。
全体を八つの章に分け、仮の見出しをつけた。とりわけ、今、依田が陥っている異様な状態のきっかけとなった出来事については、多くの言葉が費やされている。その比率自体も極力尊重した。その他、意味があるのかどうかわからない箇所——例えば、《サド侯爵夫人》の演出プランの詳述——や、依田というより夫人の言葉のように感じられる箇所も、削除せずに生かすことにした。

——

《Re: 依田氏からの依頼》

その一【顚末】

成田は、その日の午後、天気雨だった。
着陸体勢に入った飛行機が雲を出ると、左右の窓に一斉に黄金が膨らんだ。その時は、別段不思議とも思わなかったが、考えてみるとおかしなことのような気がする。私は目を細め、数秒後には、直前まで考えていたことを完全に忘れていた。丁度、眠りから覚めて目を開けた瞬間に、夢の記憶が、薄明かりの寝室の光景にサッと上書きされてしまうのと似ていた。覚醒する度に、人間はやはり驚いているのである。

手荷物受取所でスーツケースを待ちながら、私は涼子とまったく言葉を交わしていないことに気がついた。一体いつから？　思い出せなかった。ひょっとすると、パリから一度も会話していないのかもしれない。

ようやく動き出したベルトコンベアは、悪い冗談のような遅さだった。故障しているのかと思ったが、他のレーンも似たり寄ったりである。

日本人の乗客たちは、電源を入れたばかりの携帯を弄りながら、誰一人として文句を言わない。妙なところで、二週間ぶりの帰国を実感したものだと私は呆れた。

二人分の荷物が揃うと、今度は税関で、私だけ執拗にスーツケースを調べられた。

「演出家さんですか？　テレビか何かの？」

喋り方も動作も、すべてがのろまな職員だった。

「舞台です。」

眼窩が深い、痩せこけた私の顔は、よく不用意に人に警戒心を抱かせる。〃ガイジン〃と間違われるのも、恐らくその一例だった。髭が伸び、機内で飲んだワインで顔も浮腫んでいたから、クスリでもやってそうに見えたのかもしれない。

私は涼子を先に行かせた。苛々して仕方がないので、腕組みした中指で、肋の辺りを打っていた。

なぜか突然、肉体の老化が、部分的に速く進んだり、遅く進んだりする人間という、新しい戯曲のアイディアを思いついた。手だけが老いてしまった男。首だけがいつまでも若々しい女。顔だけが体に先んじて年齢を重ねてしまう人。デュラスの《愛人》の冒頭は、そう言えば、そんなレトリックじゃなかったか。……

ロビーは酷く混雑していた。

涼子を探して視線を巡らせていると、出入口の先に、激しく飛沫を上げるアスファルトが見えた。私は、その雨脚の雑踏を眺めながら、初めて、どこか奇妙だと感じた。

恐らくは、はっきりと目に見えている。しかし、それが何なのかがわからない。単純なだけに一層巧みな判じ絵を一枚、ヒントもなく見せられているかのようだった。

私は、急に気になって手荷物受取所の方を振り向いたが、ドアは既に、後戻り出来ぬように閉ざされていた。思い返せば、その時の勘は正しかったのだった。

今ではもう、その光景の読み方を知っている。しかし、向かい合う二人の顔のシルエットが、白く輝く花瓶を真正面に隠してしまう、あの有名な絵のように、どうかすると、やはりその徴を見失いそうになる。

涼子は、出入口付近で、見知らぬ男と立ち話をしていた。天気雨の逆光に浮かび上がった二人のシルエットの間にも、花のない花瓶がひとつ、恐らくは潜んでいたのだろう。私の思いもかけないことだったが。

涼子は、美しい女性だった。今は記憶の中で、朧になった分、一層美しい。最後まで崩れることなく残ったのが、彼女の美の全体像を十分に想像させる箇所――例えば、あの大理石のように冷たく冴えた鼻梁だとか、胡蝶蘭の側花弁のように白くしっとりとした頬だとか――だったという事実が、私の心を慰める。

黒いサングラスがあれほど人目を惹いたのも、一種、天分的な気品と、やはりその造りのせいだった。

機内でも、彼女は通路を行き交う乗客たちの秘やかな詮索の的となっていた。尤も、誰一人として、この無名の舞台女優の顔を認め、思いがけぬ邂逅に目を輝かせる者はなかったが。

涼子は生涯、神秘的に無名であり続けた。

舞台女優としては、既に浅からぬキャリアだったが、オーディションで初めて会った時、私でさえ彼女に見覚えがなかった。出演作のリストを見る限り、何度かその舞台を目にしていたはずだったが。

私の芝居に出るようになってからも、涼子という女優は、一個の特異な現象として映った。長身で姿勢が良く、舞台映えする体軀だった。声がよく通ったので、抑制が効いた品のある演技が出来、その分、奥まった色気があった。肉体の遠近法の彼方に、何か淫らな消失点を持っている。そういう想像を掻き立てた。

どんな端役でも、彼女は決して埋没しなかった。舞台に出て来ると、台詞を口にしていない時でも、どんなふうに佇み、どんな表情をしているのか、その存在が絶えず関心を惹起した。ところが、劇評には、彼女の名前は決して現れなかった。称讃されることもなければ、貶されることもない。まるで、出演していなかったかのように、言及さえされなかった。

華がない、というわけでは決してなかった。私だけでなく、スタッフも共演者も、誰もが涼子の存在に強い印象を受けていたので、彼女が決まって人の記憶の盲点に吸い込まれてしまうことを不思議がり、気の毒がり、ライヴァル意識を燃やしていた女優は、拍子抜けしたように、ほくそ笑んだ。

涼子は、傷ついていたと思う。決して満足していなかったはずだが、私にはただの一度も不満を語らなかった。その表情は、ほとんど毅然としていた、とさえ言っていい。

ほどなく肉体的な交わりを持つようになった時、私は、彼女の態度の立派なことに心打たれた。おかしな言い種だが、その無条件の、信頼しきったような自らの開け渡し方は、それだけに、自然と彼女を尊重し、彼女の快感に濃やかであることを私に課した。その点では、私の舞台演出に対する、女優としての彼女の、留保のない完全な同意とも似ていた。

私たちの関係が、結局のところ、何だったのかは説明し難い。愛し合っていたと言うには、私たちは余りに、互いの内面に関与しなかった。

ある年齢に達すると、人は、長い時間をかけて馴致した自分の孤独を、あまり他人に触らせたがらなくなるものである。私も彼女も、心情を忖度し合うことを、人の鞄を漁るような下卑たことだと軽蔑していたので、ただ互いの面に表れたものだけに配慮した。

一緒に住んでいたわけではなく、会っていない時間には干渉しなかった。この三年の間、私が他の女と持った関係についても、彼女は何も言わなかった。本当に何も知らなかった可能性がある。彼女がどうだったのか、私も詮索する気がない。しかし、何かあったと思っていたかった。

「都内まで１５０００円だって。」

涼子は、肩を竦めて言った。そんなふうに彼女は、私に語りかける時には、大体笑顔だった。右の頬に、ほんの少し深い皺を作って。私はそこに仄めく陰翳に心を摑まれていた。

「お二人だから、一人７５００円。普通は２００００円はしますよ。車はベンツです。どうです？」

弱々しく震える甲高い声が、今も耳の奥深くの手の届かない場所に落ちている。その男は、縮れた白髪にベレー帽を被って、童話の絵本に出て来る魔女のような、先の垂れた長い鼻をしていた。畑仕事でもしているような日焼けの仕方で、背中はまっすぐだったが、生成りのシャツの胸元からは、縮れた白い毛が覗いていた。七十歳を超えていたと思う。

成田にも白タクがいるのかと、私は意外だった。１５００円は確かに安いが、こんな爺さんで大丈夫なのか？　一人なら間違いなく断っていた。しかし、既に関係の終わりを予感していた私は、どれほどささやかであろうとも、涼子に反対するということをしたくなかった。だからこそ、本当は、その場で別れを告げることを考えるべきだったのだが。

ロータリーを抜けて、私たちは、一般車両の駐車場まで濡れながら歩いた。長距離バスが行き交う地響きと、離着陸する飛行機の轟音との狭間で、雨の音が、私にしきりに何かを訴えていた。

気が変わらぬうちに、ということなのか、二人分のスーツケースを両手で引く運転手は、逃げるように足早だった。途中で、見回りの警官と目が遭った私は、悪事にでも荷担しているような気分だったが、呼び止められはしなかった。むしろ欺されている人間の滑稽さを、秘かに笑われていたのかもしれない。

車は、ベンツでも、一体いつのベンツなのかというような酷い代物だった。中を覗くと、ピンクの編み物の座布団が、後部座席に二枚敷いてある。私は、最後にもう一度躊躇ったが、引き返すのもまた億劫だった。本で重たいスーツケースを、自らトランクに積み込んだ。高速の入口を遠くに眺めて、なぜか、時間がかかりそうだと感じた。

涼子は助手席の後ろに、私は運転席側に座った。

運転手は、クーラーボックスから、小さいペットボトルの緑茶を二本取り出して手渡した。びしょ濡れで、気持ちの悪い中途半端な冷え方だった。

運転席と助手席との間の小物入れには、丸いプラスチック製の鉛筆立てが二つ並んでいた。その各々に、色とりどりのボールペンが大量に差さっている。ざっと見て八十本はありそうだった。

何のためにそんなものがあるのか、見当がつかなかった。涼子も目にしたはずだが、不気味に感じたのか、それについては触れなかった。

運転手は、指の無い黒い革製のグローヴを嵌めると、車を出す前に「シートベルト、締めてくださいね。」と呟いた。顔をやや後ろに向けたが、私たちとは目を合わさなかった。

＊

走り出した車の中で、私の頭を占めていたのは、パリ公演の失敗だった。直後の失意を数日かけてどうにかやり過ごした後、私は存外、落ち着いていたはずだった。しかし、十二時間のフライトの間に、ほんの数杯飲んだ酒のせいで、気がつけば、手の施しようもなく、全身に憂鬱の毒が回ってしまっていた。

シャトレで二日間、三島由紀夫の《サド侯爵夫人》を上演した。前年に日本で、没後四十年の記念企画として演出した舞台で、パリでもチケットがよく売れていた。

私の演出は、投獄されているのはサドではなく、夫人のルネの方だという設定だった。

サド夫人ルネは、夫のいる牢に向かって脱獄しようとする。それが、三島の――いかにも三島的な——逆説だったが、今では多くの演出家が、その基本的な勘所さえ見失っているので、私はミもフタもなく、夫人を投獄して、彼女が脱獄したがっている物語にした。献身が即ち罪となるような悪なる夫と共に神へと至らんと熱望しているのは同じである。サドはだから、逆に、シャバで自由を謳歌している。

舞台美術は、現代の女子刑務所を模しつつ、ルネにはロココ調の非常に華やかな衣装を着させた。芝居の全体が、言わば、彼女の《狂人日記》だった。

母親のモントルイユ夫人は、自分を看守と思い込んでいる同じ牢の囚人で、観客には、ルネとの母子関係自体も、実は拘禁反応による二人の妄想ではないかと疑わせる。「肉欲」の象徴であるサン・フォン夫人は刑務所の面会者、「神」を表わすシミアーヌ夫人は慰問者、「無邪気さと無節操」の象徴であるルネの妹のアンヌは他の牢の囚人、「民衆」を代表する召使いシャルロットは、刑務所の雑用係とした。

涼子には、その主役のサド夫人を演じさせた。その他の配役も、成功した日本公演の時と変えなかったが、稽古が進むにつれ、芝居は徐々に陰惨な様相を呈していった。

私たちは、東京の稽古場で震災を経験していた。三ヶ月後のパリ公演はキャンセルしなかったものの、親類が被災したスタッフが二名、日本に留まり、パリに来た役者たちの顔つきも、始めからあまりに囚人的だった。

日本を発つ少し前に、私自身は、福島から岩手にかけての被災地を、数人の劇団関係者と一緒に車で回っていた。涼子も一緒だった。

巨大な静寂が支配する津波に破壊し尽くされた町で、皆、終始無言だった。自衛隊が辛うじて作った道路は、野次馬で混雑しているという噂だったが、私たちが行った時には、閑散としていた。死体は目にしなかったものの、紙屑を丸めたような自動車や横倒しのビル、絡まり合った電線、家屋の残骸と、見渡す限り、瓦礫はまだほとんど手つかずのまま放置されていた。

時折車を降りて、しばらく歩いた。薄曇りに濾過されたような光が穏やかに降り注いでいた。

非常の時間と日常の時間とが、一つの大地を奪い合って、音も無く熾烈な闘争を繰り広げていた。――が、その緊張は、むしろ東京に戻ってから遅れて重たく実感された。

私はテレビで、放射性廃棄物の処理を巡って、十万年という時間の議論を真顔でしている人たちに目を瞠った。数字としては、確かに記述可能である。しかし一体、誰がそんな時間を自らの手の中で扱えるというのだろう？

　他方で、あとほんの数分、地震の発生した時刻が前後していたならば、死なずに生き残った人がいて、逆に助からずに死んだ人がいたという想像が、私を途方に暮れさせた。地震そのものは予想されていた。しかし、なぜあの時だったのか。それは畢竟、発したまま捨て遣るより外はない問いだった。

　パリに着いてからは打ち続く余震からも逃れられ、精神的に解放される時間も少なくなかった。

　役者たちにも、芝居に集中するようにと言い続け、気晴らしに食事に連れ出したりもした。しかしそのために、稽古場に組まれた暗い刑務所に戻ると、彼女たちは、良心の呵責を慰められるような安堵を示した。舞台の前面に構える鉄格子の扱いを巡って、美術スタッフとは最後まで揉めた。

　公演は、無惨な結果に終わった。本来の優雅さの中の緊迫感ではなく、緊迫感の中の優雅さという私の目論見も外れ、観客の欠伸は物憂く、拍手は重たかった。

　私は、《サド侯爵夫人》で役者が怒鳴り芝居をするのが、反吐が出るほど嫌いだ。

役者が怒鳴るのは、台詞を理解していない時である。人間は、意味のわからない言葉を丸暗記して喋らされると、どうしても早口になる。そして、それを悟られまいと、恐ろしい一本調子で怒鳴るのである。言葉が感情に押し出されているフリをして。

彼女らは理解していたはずだった。にも拘らず、公演では二日間、四公演とも、全員が形振り構わず怒鳴りに怒鳴っていた。あの涼子でさえも。

叫び声を上げる舞台上の無数の口は、存在に穿たれた痛ましい裂孔だった。血のような口紅を塗られて、それらは、嚙みつかんばかりに、今も私に向かって開いている。いつの間にか声さえ失ってしまって。——悪いことをした。……

直後に三つの媒体からインタヴューを受けたが、質問者は誰一人として、「素晴らしかったです！」と一番に言わず、躊躇いがちにレコーダーをセットしてから、まず私の演出意図の説明を求めた。

最後のインタヴュアーは、演劇サイトのレビューを書いているという、劇作家志望の大学生だった。私の戯曲集を読んでいて、少し日本語が話せた。録音もせず、ノートに一字一句漏らさずこちらの言葉を書き留めていたが、一通りの質問を終えると、半ば感想のように、こんな分析を口にした。

「あなたは、ルネに共感し、彼女を牢獄に閉じ込めることで、逆説的に、この戯曲のサド侯爵を、フクシマ原発のメタファとして演出したのではないでしょうか？　投獄されていたサドの危険な思想は、格納容器内の放射性物質です。片や大革命、片や大地震でそれらは溢（あふ）れ出してしまいます。その影響は、目に見えませんが、長い時間をかけて広がり、人間の内部に蓄積されていきます。専門家は、この戯曲の登場人物たちのように、周囲で好き好きに放射能の思想を語るだけです。」

私は、通訳がまだ終わらぬうちから首を横に振り始め、直ちにきっぱりと、そういう意図は微塵も無かったと否定した。そして、これがこの期待外れのパリ公演の惨（みじ）めな締め括（くく）りだと苦々しく思いながら、

「私がサドを肯定的に演出しているのは明白です。こんな時だからって、何でもかんでも震災に絡めればいいってもんじゃない。」と、後味悪くインタヴューを打ち切った。

＊

白タクの運転手は、チックなのか、時折ハンドルを握り直しては、落ち着くまでし

ばらく指を動かし続けていた。低いヘッドレストの前で、ベレー帽が神経質そうに微動する。

午後のこの時間はいつもそうなのか、道路は閑散としていた。空港を出て随分と経つのに、まだ天気雨が続いている。

フロントガラスから差し込んだ光は、その透き徹った腕を伸ばして、運転席のシートの肩口に静かに手を置いている。

白タクのくせに、煙草の害を説くステッカーが一枚貼ってあった。一本吸うごとに、寿命が燃焼してゆくという寓意画。……

私は、隣に座っていた涼子の姿を思い出す。いつの間にか、サングラスを外して目を閉じていたが、眠っている様子はなかった。

白いシャツの上から、浅い胸の谷を斜めに走っていたシートベルト。しっかりと固定された、やや傾いたL字の姿勢。

初めてオーディションで対面した時、私は涼子が、こんな見栄えの良い、つまりは難しい肉体をどうやって乗りこなしているのか、興味をそそられた。他の参加者と違って、彼女独りだけ、フェラーリかランボルギーニのハンドルでも握っているようだった。

車と同様に、肉体もまた、二十歳前後の頃には皆が初心者だが、選択できないというのは、大きな相違点である。

彼女はこんな肉体を、三十代になるまで事故も起こさず、さして目立った傷もつけずに、それなりによく乗りこなしていた。人によっては、そのことを滑稽に感じ、赦(ゆる)し難くさえ思ったようだが、私にはその困難の方が思い遣られた。彼女にせよ、もっと乗り心地の良い、慎(つつ)ましやかな肉体に生まれついていたなら、人生はどんなに容易だったかしれない。ヤドカリの貝殻のように、今の肉体を去って、別の肉体に乗り換えていたとしたら、彼女は、これまでの苦労は何だったのかと、その退屈な快適さに愕然(がくぜん)としただろう。

彼女の肉体的な美が、舞台に場所を得たこと自体は、決して間違っていなかったと私は信じる。しかし、演技するということとは、恐らく何か違った表現方法を考えてやるべきだったのだろう。私には、それが何なのか、遂(つい)にわからなかったが。

パリでも、あの「ガス室のような」――という批評だった――舞台で、涼子は際立っていた。

あれほど肉体が蔑ろにされている戯曲で、彼女の瞬発的な輝きには、観客たちも息を呑んだ。しかしそれは、言わば野生の動物の群を驚かせる、人工の光のようなものだった。

二日目はとりわけ、まず妹役のアンヌが涼子に煽られ、母親役のモントルイユ夫人がそれに続いた。女優としては、今回の舞台で最も才能があるシミアーヌ役が、芝居の手綱を引こうとしたが、そもそも挑発的な設定の登場人物であるだけに、それでいよいよチグハグになってしまった。

最後には、涼子本人が自らを見失った。その姿は、被災地の瓦礫の直中に立ち尽くしていた時の彼女と重なって見えた。孤立無援の状態で、彼女は客席の静寂と対峙していた。そしてとうとう誰よりも悲愴な声で叫び出してしまった。

涼子の女優としての将来に、私が仄暗いものを感じていたのは事実である。そのことが、意外にも私たちの関係自体に影を落としていたというのも、その通りだろう。しかし、私はむしろ、彼女をどうしても手放せないと感じ始めていた。それだけの理由だが、私はやはり、彼女を愛していたと思いたい。

涼子がたった一言でも、私に愛想を尽かす言葉を口にしていたならば、私は残りの人生をすべて台なしにして、狂ったように、地の底まで彼女を追いかけていたことだろう。

しかし彼女は、決してそう言わなかった。それもまた、彼女という人間だった。

＊

私は、いつの間にか力が籠もっていた眉間を開きかけ、結局また目を細めた。道路からの照り返しが、視界の底に無数の光の傷をつけている。

気がつけば、車は、追い越し車線を、今にも止まりそうな速度で走っていた。衝突されるのではと、私は後ろを振り返り、左手を見遣った。

必ずしもこの車だけが速度を落としているのではなかった。その証拠に、今も一台、左隣の車を抜きつつある。前は特に渋滞してない。取り締まりでもしているのか？

「運転手さん、……」

そう声を掛けたのと同時に、隣でシートベルトを外す音が聞こえた。

涼子は、徐に私の膝を跨いで、向かい合わせに座った。私は言葉を失った。両膝が、彼女の長い足のぬくもりに圧せられていた。彼女は白いシャツのボタンを外してブラジャーを引き下げ、右の乳房を露わにした。そして、私を見つめた。

芝居じみていた。私は反射的に受け容れがたいものを感じて、険しい目をした。

彼女は怯むことなく私の頭を掻き抱いた。肌が頬に触れ、熱を感じ、十時間以上かけて香水と混ざり合った匂いが呼吸の度に私の奥深くに染み亘っていった。目の前には、斜めに二つホクロが並んでいる。彼女の肉体を見分けるための最も確実な特徴が他のどんな美点にも勝ってこんなものだというのは、同一性のアイロニーだった。

道路の継ぎ目を経る度に、涼子の裸の乳房は無防備に跳ねた。私は傷ましさに耐えかねて、目隠しするように、そっとそれを手で覆った。

「シートベルト、してください、お客さん。危ないですから。」

運転手の声は、針穴を捕らえられない糸の先端のようにヨロヨロしていた。

私は、涼子の背中に腕を回して、軽く抱いてから顔を離そうとした。しかし、彼女はそれに抗った。

また一台、左手のポルシェが後景に退いてゆく。私は、涼子の脇の下から、ハンドルを握るその若い男の表情を認めた。驚愕しているというより、むしろ恐怖に駆られたかのようだった。

私は涼子の体を避け、運転席の計器盤を見た。

メーターは、１６０キロ近くを指している。バックミラーには、運転手の左目だけが映っていたが、その凄(すさ)まじい形相に、私は戦慄(せんりつ)した。憎悪(ぞうお)に我を忘れた男の顔だった。

「危ない！　スピード落とせ！」

フロントガラスは、溢れ出した雨で埋め尽くされている。

これほどの豪雨にも拘らず、太陽の光はますます大きく膨らんで、真正面からこちらに迫っていた。

涼子は、私の頬に両手を宛(あて)がい、唇を重ねた。

「駄目だ、降りろ！　シートベルト！」

彼女の体を引き離そうとした刹那(せつな)、フロントガラスに赤いテイルランプが閃(ひらめ)いた。

「……！」

追突の一瞬は、爆発のようだった。私は前方に突き飛ばされ、ロックされたシートベルトに押し戻された。首に激痛が走り、硬い何かに顔をぶつけて目が開かなくなった。衝撃は更に続き、状況は完全に見失われた。

……朦朧(もうろう)とする意識の中で、私は、水浸しの道路を見上げた。窓ガラスは粉々に砕けている。アスファルトには、雨が飛沫を上げていたが、そのどれもが血の色をしていた。

全身に痛みを感じた。車体が転がって、私は逆さになってシートベルトに引っかかっていた。耳の下で割れたガラスが音を立てた。

鬱血した顔に、何か物が刺さっている。涼子の靴の爪先(つまさき)だった。

私は何が起きたのかをようやく理解した。色とりどりのボールペンが散乱している。

車の前方は、原形を留めていなかった。

涼子は足しか見えなかった。正気を保つつもりだったのか、私は顔に散ったガラス片を払いながら、これは芝居じゃない、と思った。

その二【異変】

「吉崎さん！　吉崎さん、ちょっと！」

「ああ、お疲れさま。」

「ああ、じゃないですよ。」

「どうした？」

「わかってるでしょう？　依田さんですよ！　何なんですか、あれは？」

新国立劇場で十年振りに再演される《反作用》の稽古後のことだった。

私はトイレの洗面所で顔を洗っていた。それに気づかず、廊下で制作部のプロデューサーと主役のマネージャーとが、奇妙な口論をしていた。

私は、蛇口を閉めたが、出ていくタイミングを逸してしまった。

「あんなデタラメの演出で芝居なんか出来るわけないでしょう？」

「そう？」

「とぼけないでください！　意図は何なんですか、意図は？　それがあるならいいですよ。けど、同じ台詞を、昨日は早口言葉みたいに急かしたかと思えば、今日はあんな、何言ってるのかわからないほどゆっくり読ませて。何なんです、あれ？」

「考えがあるんだよ、依田さんには。グールドのバッハみたいなもんで、……」

「は？　吉崎さんだって、そう思ってないでしょう、本音では？――っていうか、依田さん、大丈夫なんすか？　おかしいですよ。いや、心配して言ってるんですよ。事故の後遺症じゃないですか？」

「それは俺も心配してるけど、検査では何も出ないから。嘘じゃない。」

「じゃあ、鬱とか。涼子ちゃんも死んじゃって、マイッちゃうのも無理ないですよ。別の病院も行った方がいいですよ。絶対、普通じゃないですから！」

私について話していた。しかし、何のことだか、私には一向にわからなかった。

彼らが去ってからも、しばらく息を潜めて鏡の前に立っていた。顎の先端で、汗ともつかない水滴が震えている。私はなぜともなしに、それに目を凝らした。したたってから、その滴は、たっぷり三秒ほどの時間をかけて洗面台を打ち、弾けた小さな滴もまた、ゆっくりと散った。

私が、自分の身に起きている異変を意識したのは、あの時が最初だったと思う。しかし、ただ単に、疲れているのだとしか考えなかった。

事故から二ヶ月が経っていた。私は、鞭打ち症に加えて肋を三本折っており、その間ほとんど、自宅で寝て過ごした。

死者四人、重軽傷者九人というのが、あの車八台の追突事故で、私は一応、その重傷者に数えられていた。

事故のきっかけは、私たちの乗っていた白タクが、渋滞の最後尾に突っ込んだためで、死んだ四人のうち、一人はあの運転手、もう一人は涼子だった。

涼子は追突した際、私の腕を擦り抜けて、前方に飛んだらしい。運転手の後頭部と鉢合わせになって、更にフロントガラスに突っ込み、押し潰された。その後、ハンドルを切った後続車が斜めにぶつかって、私たちの車は横転した。あとで車体を見て、自分が生きているのが不思議だった。

私は、警察官から運転手について尋ねられ、覚えている通り、彼が突然、車を160キロで暴走させ始めたことを話した。その速度は、現場検証の結果とも合致していたが、ただ、私自身の実感とは違うことも伝えた。あの時車は、徐行していたはずだった。

警察官は、運転手は脳溢血か何かを起こしていなかったか、と何度も確認した。私はあのバックミラーの血走った目を思い出して、意識はあったと思う、と言った。

涼子についても訊かれた。

「どういう状況だったの？　なんでシートベルトをしてなかったんです？」

「私の膝の上に乗ってました。」

私は、首を固定されたまま、端的にそう答えた。その言葉は、誤解を与えたらししかった。

私よりも少し年下の警察官は、不謹慎にも吹き出してしまいそうになるのを堪え、その反動なのか、自業自得だという目つきをした。

私は彼が、涼子の愚かさを、当然のように、死に見合うものと判断したことに虚を衝かれた。

反論しようとした。しかし確かに、人間は、まだ猿との区別もつかなかった時代から、愚かさのために死んだ個体が数限りなくあるはずだった。

涼子は死に、私は生き残った。――私はただ、念仏のようにそう繰り返しては、ゲシュタルト崩壊を起こした言葉を前に呆然としている。そんな調子だった。

私の中には、死を間一髪免れ得たという、これまでに経験したことのない類の興奮があった。それは、涼子の死によって一層強いものとなっていた。

私は悲しんでいた。しかし、泣いたり喚いたりするわけでもなく、ただぼんやりしていて、こういう悲しみもあるんだなと、思うより他はなかった。

入院のお陰で、私は涼子の葬儀に出ずに済んだ。マネージャーが気を利かせて、花と香典だけは出したが、遺体が遺族の許に戻った以上、私は関与したくなかった。が、ほどなく涼子の両親と姉の訪問――見舞いではなかった――を受けた。最期について、警察からの説明だけでは納得できなかったのだろう。

私が言えたのは、やはり、「膝の上に乗っていました。」ということだけだった。なぜそんなふうに、ぶっきらぼうに言ってしまったのか、わからない。後悔している。

涼子の家族は、私の言葉を屈辱的に感じたらしかった。最初は、幾分気の毒そうにベッドの私を見ていた目つきが、何か小汚いものでも見るように変わった。会うのは初めてだったが、涼子が裕福な家の生まれだというのは、想像していた通りだった。

彼らは、この惨事を、私と彼女との不幸な関係の必然と結論づけた。そして、私がその責任をまるで感じていないことに憤った。

このほとんど〝運気〟が問題とされているような非難には、奇妙な慰撫があった。涼子が、私には決して理解の及ばない、一人芝居の最中に死んだという考えには、腹の底に冷たいものが沁み亘るような孤独があった。しかし、責任の一端が私にあると思えるなら、少なくとも、何かすべきことがあったのだという悔悟にはありつけた。

恐らくこう考えるべきだった。自分とさえ出会っていなければ、彼女はあの日、あの激突に巻き込まれずに済んだのだった。あの車に乗るのを拒んでいれば良かった。乗ってからも、せめて口を開いていれば。あるいはそもそも、もっと早く別れていれば、……

私は、そのうちの二番目と三番目については同意する。しかし、遺族の怒りの源である最初と最後のものについては、馬鹿らしいと思う以上に、冒瀆的と感じた。

私は腹が立ってきて、かなり乱暴に帰ってくれと言った。両親は私に対する軽侮の念を、これ以上ないまでに膨らませたが、涼子の姉は、少し違っていた。

「もういいよ、こんな人。」

彼女は、唾棄するように言った。涼子には、似ても似つかない不器量な姉だったが、その台詞めいた言葉は、意外にも、涼子の最後の行動を思い出させた。生きていた時から、妹にもよく、そんな忠告をしていたのだろう。

涼子は、自分に姉がいるということを、私には一度も話さなかった。しかし、知っていれば、もっと彼女のことを理解してやれた気がした。せめて、隠したがっていたことを知っていれば。

私の存在が、姉妹の間に余計な波風を立てていたことは容易に想像がついた。

唐突に、私はパリ公演の際に、涼子のルネに最初に煽られたのが妹のアンヌだったことを思い出した。

姉妹。――私は同情した。

その三【進行】

新国立劇場で二人の会話を立ち聞きした後の一週間ほどが、私が最も激しい変化を経験した時期だった。

何が起きていたのか。説明するのはやはり難しい。

例えば私は、翌日、気晴らしに渋谷に出かけた。

朝から何となく体が重かったが、この頃のクセで、何事も鞭打ちの後遺症のせいにしていた。

ハチ公前の出口を出て、スクランブル交差点の赤信号で、携帯メールを一件確認した。そして、青信号で顔を上げた時、私は自分が、どこかおかしな世界に迷い込んでしまったように感じた。

四方から一斉に交差点に雪崩れ込んだ歩行者たちが、皆、途轍もない速さで歩いている。テトリスの達人の画面でも覗き見ているかのような。……人と人との間に生じる道が、一瞬毎に目まぐるしく変化して、開いたかと思えば閉じ、とてもその速さについていけない。正面から猛然と人が迫ってくる。後ろから押し寄せてくる。しかし誰一人として、凝然と立ち尽くしている私とは目を合わさず、しかも決してぶつからない。信号は、あっという間に赤に変わった。

私はそこで、六回も青信号を見送った。車の行き交う速さも尋常でなかった。ようやく七回目に信号が変わった時、私は思いきって足を踏み出した。すると、先ほどまでの光景が嘘のように、人々の歩みは、幾らか速いとは言え、普段とさして変わらなくなった。

奇妙なことが、間歇的に続いた。くたびれ果てて帰宅し、エスプレッソを一杯淹れたが、それに五分近くも時間がかかった。

最初は、マシンが故障しているのだと思った。しかし、コーヒーは滴ではなく、一本の線となって滞りなく注がれている。停止してからカップを覗き込んでも、いつも通りの量で、薄くもなければ冷めてもいなかった。

翌日だったか、その次の日だったか、シンクに溜まっていた洗い物をした時には、ゆっくりと蛇口から出てきた水道水に度肝を抜かれた。何かの生き物に見えた。その丸い先端は、排水口に達するまで優に十秒は費やした。手で遮ると、細かな滴がスローモーションで周囲に飛び散る。確かに水だった。手をどけると、破裂したような先端が、収束しながら落下を再開した。

それから、……自宅のあるマンションの17階からエレヴェーターに乗ると、閉まったはずのドアがすぐに開いて、もう1階に着いていた。コンビニの店員は、とても聴き取れないような早口で、箸は要るか、弁当は温めるかと尋ねてくる。地下鉄のドアはなかなか開かず、グラスの中の氷はあっという間に水になった。……

馬鹿げた事例の列挙のようだが、私はその一々に驚愕した。

一廉の知的な人間は、まず考えないことだろうが、私は最初、この世界の物理法則が大混乱を来しているようなイメージを抱いた。

これまで均質な、一定のテンポだった時の流れが、突然、方々で狂い始めて、速くなったり遅くなったりしている。地球の自転という巨大な一個の時計が、無数の時計へと分裂して、各々勝手に動き出してしまった。——演出家らしい妄想、ということになるのだろうか。

しかしその割に、唖然としているのは私独りである。

次に考えたことの方が、多少はマシだった。これはやはり、事故の後遺症なのではないかと。二つの病院で、私は既に鞭打ち症から回復していると診断されていた。状況を説明すると、努めて特別なことではないような口調で、精神科の受診を勧められた。

いずれにせよ、他の誰にも経験されていない現象ということはわかった。

朝目が醒めて夜寝るまで、私は、誰かに見られているDVDにでもなったかのようだった。突然、リモコンで早送りにされ、ようやく元に戻ったかと思うと、今度はスローモーションにされる。それでも、この頃にはまだ普通の時間の方が長かった。今思えば、その時にしておくべきことが多々あったはずだが。……

私は必ず、秒針のついた腕時計をするようにした。迷った時には、その針の動きを見て、自分で数える一秒が、それよりも速いか遅いかを確認した。

時計がない時には、手を握ったり開いたりした。思い通りの速さかどうかで、凡その時間の流れ方が摑めた。端から見ていると、チックのようだっただろう。

苦しかったのは、まさにその点だった。私の肉体は、意識ではなく、世界の方に属していた。テーブルからゆっくり転げ落ちるガラスのコップに、私の手は間に合わなかった。ただ追い続ける。そして、床でコップが砕け散る段になって、やっと虚しく宙で握り締められるのだった。

その四【分析】

こういうことを考えてみてほしい。

受信したメールの返事を書きそこなって過ぎた二日間は、あっという間に感じる。

しかし、送信したメールの返事を待つ二日間は長い。

私を襲ったこの不可思議な状況に、本質的な新奇さはなかった。私は言わば、ありふれた経験の極論だった。

シュトックハウゼンは、音楽の時間性について、一生涯、かなり手の込んだ思索を重ねた人だった。

私は、彼の《コンタクテ》初演時の逸話が好きで、芝居の上演時間を考える際には、よく思い出した。

ケルンでその初演を行った際、プログラムでは、《コンタクテ》の前に、約三十分のオーケストラ作品が演奏された。著名な音楽家の新作を聴き逃すまじと、ホールには常より多くの聴衆が詰めかけ、通路や壁際にまで溢れ返った。「息詰まるような暑さ」だった。そのため、当然のように、聴衆は《コンタクテ》に耐えられなかった。終演後には、「長すぎる」という作曲家への不平が殺到したという。

《コンタクテ》はその後、初演のチケットを買いそびれた人のために再演された。作曲家はその際、冒頭のオーケストラ作品をカットし、更に、会場の換気を良くして空調を二度下げさせた。結果、この時、終演後に「作品が長すぎる」と文句を言った者は、一人もいなかった。

私が経験しているのは、要するに、そういうことなのだろうか？

少年時代の私自身の発見。

私は父の命で剣道を習っていた。その稽古が恐ろしく苦痛だったので、道場では、いつも時計ばかり見ていた。一時間半という稽古時間は、竹刀で殴られ、息苦しさで倒れんばかりだった私にとって、ほとんど永遠のような長さだった。

ある日、私はこういうことを考えた。この苦痛の時間が遅々として進まないのは、時計を見る頻度のせいなのだと。五分に一度、闇雲に時計を見れば、当然、まだ五分しか経っていない。しかし、昼休みに校庭を駆け回って三十分に一度しか時計を見なければ、当然、もう三十分経っているのだった！

私は、この発見をした日の興奮を覚えている。人生の不可思議に、何か合理的な説明を思いつく度に、無性に嬉しくなるというのが、幼少時からの私の質だった。

時間は常に、まだか、丁度か、もうかの三つの姿をしている。

時間を過剰に意識するか、適度に意識するか、まるで意識しないか。――内的な時間感覚の混乱を、私はしばらく、この単純な理屈で整理しようとした。

意識が散漫な時、時間は遅く、何かに没頭している時には速い。

その五【恥辱】

こんな状態の私が、まともな舞台演出など出来るはずがなかった。しかし、《反作用》の公演日は目前に迫っており、キャンセルは事実上、不可能だった。

苦し紛れに、私はこう考えた。これはあるいは、演出家としての自分に備わった、新たな、拡大鏡的な批評能力なのかもしれない。役者の動きが遅い時には、つまり、それだけ芝居がつまらないのだろう。そして、速い時には、いい芝居なのだ、と。

……

こんなお粗末な考えに、私は必死でしがみついて、毎日、何食わぬ顔で稽古場に通った。苦境にある人間は、丸めたティッシュでさえ白い薔薇(ばら)の花と見間違えられる特権的な滑稽さに恵まれるものである。

私は、ストップウォッチを手放さなかった。しかし、縦(よ)しんばその考えが正しく、芝居の善し悪(あ)しが見極められるにせよ、私には指示が出せなかった。長いキャリアの中でも、私は初めて、稽古場で何が起きていて、どうすべきかがまったくわからないという焦燥を味わった。役者たちの不信感は、次第に色濃くなっていった。

本番まで二週間を切った段階で、決定的な事件が起きた。

第二幕の老編集者の回想シーン。若き日の彼が、三島を説得しようと、ユンガーの

《平和》の一節を読む緊迫した場面だった。

晩年、三島の最後の「行動」を予感した彼は、ユンガー極秘来日の噂を聞きつけて、二人の対談を企画する、というのが、《反作用》の着想だった。総動員体制下の「労働者」による戦争が、人間に「根源的力」を恢復させる、という思想を唱えたユンガーは、第二次大戦末期には、「第一次大戦の物量戦、砲撃戦よりはるかに恐ろしい経験」を経て、赴任先のパリで、《平和》と題する文章を綴っている。私は、反発しつつ、それに感銘を受けていた。

元編集者は、戦場を知らないという三島の生涯のコンプレックスを突破口として、ユンガーとの対話が、彼に思想的な変化を齎すことを期待する。対談は実現する。二人は、美と政治、ナショナリズム、ナチズム、天皇制、国体、形態、苦痛、時間、秩序、文体、……と、様々なテーマを縦横に論じる。議論は終始、ユンガーが優勢で、三島は追い詰められてゆく。心理的に。が、結果的に、この〝毒を以て毒を制す〟賭は、失敗に終わる。第三幕で三島はこの対談記録の公開を厳禁し、むしろその思想を一層過激化せざるを得なくなる。元編集者は、市ヶ谷での彼の割腹自殺の日に、痛恨の涙を流す。無論、アイロニカルな演出。……

「灼熱する縫い目によって初めて地球を一つに縫合した赤く燃える前線の背後には、労働の軍隊の陰鬱で暗い深淵が広がった。……」

私は、あまりに速く耳を駆け抜けたその台詞に眉を顰めた。これはつまり、そんなにいい芝居なのか？　私はストップウォッチに目を遣るのを忘れて、そんな間の抜けたことを考えていた。

口出ししないまま眺めていると、その若い俳優は、唐突に芝居を止めた。そして、プロデューサーに、「ホラ、見ろ！」と嘲笑的に呼びかけると、呆気に取られた他の役者たちを尻目に、稽古場から出て行ってしまった。

何が起きたのかわからなかった。しかし、私の次の反応を待っている役者やスタッフらの眼差しから、ようやく事態に気がついた。

あの男は、私を試すために、わざと速く台詞を読んだのだった。そして、それに対して無言のままだった私の精神状態に、傲然と、一つの診断を下したのだった。

私はその日、プロデューサーから、彼の舞台降板の意志を告げられた。翻意の条件は、以後の演出は基本的に演出助手に委ね、私は口出ししない、というものだった。私はそれを受け容れた。残り時間を考えるなら、今更代役を探すことは不可能だった。

私の一生涯で、最も屈辱的な仕打ち。

私は生まれて初めて、一人の人間の死を願った。呪うというのが、どういう心理状態なのか理解できたし、あの青年の卑劣に歪んだ口許を思い出す度に、怒りの発作に駆られ、煩悶した。

彼こそは、愚かさのために死ぬべき人間ではないのか？

その六【奈落】

《サド侯爵夫人》のパリ公演の失敗に続く、新国の《反作用》の期待外れの出来映え。心ある幾人かは、貶す代わりに私を心配した。直後に長期休養に入ったために、私は体調不良とされた。

私の時間は、速度の振幅が次第に極端になり、公演の直後辺りが、恐らくはピークだった。

ある時私は、丸一日を、たった一時間ほどで体感した。その時のことは、今でも鮮明に覚えている。

私は窓辺に座って、ただ外を見ていた。よく晴れた美しい秋の日で、その青空を、雲が魚の群のように、陸続と西から東へ去って行った。方々で翻り、ちぎれ、形を変えて、その度に街が明るくなり、暗くなり、夕焼けを豪奢に解き放って、彗星のように太陽が没した。私は飲まず食わずで、ただ二度、トイレに立っただけだった。尿意は痛みとなって膀胱を急襲した。空腹感は、体の真ん中に穴が開いているように私の姿勢を前傾させた。

暗くなると、星々が巨大な金庫のダイヤルのように回転し、翌日の朝日を招来した。私はさすがに気分が沈みがちだったが、この地球の自転の壮麗な体験には興奮した。そして、こんな調子で歳月が過ぎ去っていくことを想像し、呆然とした。

これ以後、私の周囲の時間は、ただひたすら遅くなる一方となった。

迂闊にも、私はそれを、最初、快方へと向かっている徴候と取って喜びさえした。双極的に時間が速くなったり遅くなったりするのは、とかく身に応えていた。私はくたびれ果てていたし、とりわけ、速く動いている世界では、何をするにも極度の緊張を強いられる。神経を磨り減らされて、いっそ遅くなって安定するのなら、それでも構わないとさえ思い始めていた。

しかし、ただひたすら遅くなってゆくというのは、言うまでもなく悪化だった。そして、その進行はどこかで一線を越えたように止まる気配がなかった。

毎日、怯えながら壁掛け時計の秒針を眺めた。その動きは目に見えて遅くなってゆく。自分の中で、もうそろそろと一秒をカウントしても、針はいつまでも次の目盛に達しない。

体調そのものは悪くなかったが、速く動くことが出来ないので、四六時中苛立っていた。

意識は、完全に時間に捕らえられていた。私の素朴な理屈では、それはますます時間を長く感じさせるはずだった。実際、何をしていても必然的に不愉快で、否応なく時間へと連れ戻されてしまう。

痒みを感じても、手が届くまでに時間が掛かる。食べ物を口に入れても、噛んで呑み込むまでが一苦労なので、一向に美味くない。小便一回が貧血を起こすほど長く、そんな自分を笑う気にもなれなかった。

不安定な姿勢を挟む運動は危険で、途中で決して余計なことを考えてはならなかった。

私は風呂に入ろうとして、何度バランスを崩し、転倒したことかしれない。浴槽を跨ぐ足の軌道を意識した途端に、私の上体はもう傾き始めていた。階段を踏み外して滑り落ちたことも一度や二度ではない。

ベッドから起きて部屋を出るだけなのに、一時間も掛かるように感じられ始めた頃には、私の精神も限界に達しつつあった。何とか喰い止めなければと、あらゆる手を講じた。

私は、脳溢血などで体の麻痺した患者のように、我流のリハビリを始めた。出来るだけ、じっとしていずに歩くようにしたし、ストレッチをしたり、ダンベルを持ってみたりした。

机の上に物を並べて、速く摑む練習をしたこともある。が、成果はなかった。水の中で手を動かすような重たい抵抗があるならまだしも、私の場合、ただ遅いだけだった。そうなると、無い壁を蹴っているようで、何に抵抗すべきか、その対象を見出せなかった。

実際、物に触れるまでの時間を時計で計っても、一秒にも満たなかった。人間の運動能力の限界として、それ以上速くなりようがないことは明らかである。

肉体的な鍛錬に意味がないことは、ある意味、最初からわかりきっていた。しかし、私はむしろ、肉体が外界と同じ時間に属しているという事実に賭(か)けていた。そこを梃(てこ)にして、外界そのものを変化させられるかもしれないと。

*

億劫(おっくう)という感覚が、私の行動判断の唯一(ゆいいつ)の基準だった。この概念には、哲学的な探求の余地がある。

人と会って長い会話をするのは、実質的に不可能で、コンビニでの一言、二言のやりとりさえ、体に火を放たれたような苛立ちを感じた。

驚くべきことに、少し長い文章を発声し、あるいは、聴き取ろうとすると、私の短期記憶は保(も)たなかった。文の半ばに差し掛かる頃には、どこから出発したのか、その文の先頭を忘れ、どこに辿(たど)り着くつもりだったのか、文末を見失った。そのまっさらな空白は、時々不意に、あの被災地の沈黙の記憶と結び合った。

状態が最悪になる直前に、私は改めてマネージャーに連絡し、すべての仕事を断らせ、彼にも休暇を与えた。余計な会話をせずに済ますには、渋面を作っておくのが一番だった。大変な苦労を掛けたが、元々私の芝居の信奉者だった彼は、すべての面倒を片づけてくれ、酷(ひど)く心配して、月に一度は必ず様子を見に来てくれた。私が何とか生きていられたのは、彼が折々、大量に買い込んでくる食料のお陰だった。私は彼と顔を合わせなかったが。

＊

一人一人の人間が、自分の勝手なテンポで生きている。これは、自明だ。そして、そのテンポは、常に揺らいでいる。これもまた、自明だ。

だからこそ、社会はコミュニケーションのために時計を共有し、折々、時刻によって同期しなければならない。世界の持続の同一性を担保するために。それでどうにか成り立っているのは、その時間感覚の個体差が、結局、あまり大きくないという消極的な理由に過ぎない。

ところが、私の場合は、その差異の拡大に歯止めが利かなくなったのだった。

一体、人間同士の間には、共通時間 tempus communis というものがあるんだろうか？

たとえ、我々の間に、媒介としてこの世界を挟んだところで、所詮は、話者が感じる言葉の速さと、聴き手が感じる言葉の速さとは、一致していない。その違いを、無いかの如く振る舞わされている。ストレス因子として、この問題を真面目に考えてみた人間はいるのだろうか。

冬が深まる頃には、私は、一時間を半日のように過ごし、一日を一週間のように過ごした。

朝、目が醒めると、自分が一体、何月何日にいるのか、まるでわからず、次に布団に入るまで、一体どれほどの時間を——体感的には日数を——過ごさねばならないかさえ、わからなかった。

俯瞰して見るなら、一種の神秘体験にも似ていようが、私の場合、恍惚はなく、ただ苦悶が際限もなく延長されてゆくだけだった。どう考えても、神の国より地獄に近かった。

一日が一週間のようなら一ヶ月は三十週間、つまり、七ヶ月ほどだ。私は、秋の終わりにそう計算した。このままだと、一ヶ月が一年、一年が十数年になるのも時間の問題だ、と。そして、ようやく年が明けるという頃には、私は実際、この予測とさして違わない感覚の中にあった。

＊

永遠に生きる、ということを、私は一度ならず想像した。

しかし逆に、こうも考えた。私の周囲では、恐ろしく遅い時間が流れている。裏を返せば、私の意識の時計の方こそが、猛スピードで回っているのではないか、と。

私はコップが手から滑り落ちて床で割れるまでの間に、詩を一編物し得る人間であり、十年で百年分の戯曲を構想できる人間だった。才能が無尽蔵であるのならば。

思索という意味では、私の苦境には、確かに恩寵(おんちょう)的な輝きがあった。しかし、現実には、私の思索はほとんど出発点の周辺を彷徨(うろつ)く程度のものでしかなかった。

まず第一に、私は、文字を書いたりパソコンを操作したりする作業に耐えられなかった。

私はすべてを記憶しながら考え、その結果もまた、すべて記憶している必要があった。同じ事情のせいで、何より残念だったのは、本を読めなくなったことだった。

私は、時間の大海を渡る船から、海溝の底へと投げ捨てられた、一枚のコインのようだった。次第に反射する光を失ってゆき、ただひたすら、ゆっくりと沈んでゆく。

……いかに思索を愛していようとも、伝える相手を持たないというのは虚しい。孤独を「故郷」と語ったニーチェのツァラトゥストラでさえ、最後は洞窟を立ち去るのだから。

私はむしろ、出家でもするのに最適な人間だったのかもしれない。しかし、私は宗教的な人間ではなかった。私は元来、「人間嫌い」と陰口されるほど、孤独を愛していた。しかし今は、人恋しくて仕方がない。その癖、時間に自由にさせられている、活発な人間たちが嫉ましく、その姿を目にするのが嫌なばかりに、自宅に引き籠もるようになった。

なぜ私だけがと、当然、苦悩すべきだったが、意外にその手の疑問は、長く続かなかった。私は、自らの身に降りかかった不条理を不思議に感じず、原因を探ろうともしないカフカの主人公たちを、いつも奇怪に感じていたが、その心境が初めて理解できたような気がした。

人間の体は、地球の自転を内在化させて、二十四時間という周期性を持つ体内時計を備えるに至った。それが、現時点での科学的推測である。

もし、私の体内時計が異常を来し、細胞分裂が極度に速まっているのだとすれば、一日が一週間というのは、つまり、私はたった一日で一週間分も老化するということだ。一年で十数年分生きるのならば、私の寿命など、子供の花火のように瞬く間に尽きてしまうだろう。

私の身の回りの時間は、嚙みすぎて味の無くなったチューインガムのように、どこまでも伸びていく。そして、どこかでふっつりと、風にでも煽られて切れてしまうだろう。

私の心臓。その一拍と一拍の間の、人気の無い真夜中の森のような静けさ。

次の一拍が、暁光のように輝かしく鳴るのを、私は待つ。——そう、待つというのは、本質的にこういうことだった。そのまま胸の夜が明けなければ、私の世界は二度と光を浴びることはない。

その七【再会】

その日、どうして外に出ようと思い立ったのかはわからない。忘却は常に、借金取りのように私を追い回している。私の記憶は、その目を盗んで手許に残った、なけなしの蓄財である。

春になって、少しあたたかくなっていた。

私は、窓辺に落ちた日の光に身を収めて、マンションの下を見ていた。口座の預金が尽きたらしく、電気もガスも止まっていた。私は、冷凍庫の中で解凍された黴臭い食パンを齧って、辛うじて飢えを凌いでいた。

もう、時計の一秒が今の自分にはどれくらいかなどとは考えなかったので、この時の感覚を説明するのは難しい。恐らく、一時間を二日ほどかけて過ごしていたのではあるまいか。一秒が一分、一分が一時間ほどか。……わからない。私は、秒針が刻む一秒の感覚を忘れていたが、思索によって、辛うじて時間感覚を保っていた。

「この長い年月、わたしは孤軍奮闘、ひとりで戦わなければならなかった！」

テネシー・ウィリアムズの《ガラスの動物園》。十代の頃に、私が初めて演出した戯曲。このアマンダの台詞が脳裡を過ぎる時間が、私の五秒間だった。その台詞はこう続く。

「でもいまは、強い味方がいる、おまえが！」

十分に配慮された芝居なら、合わせて十秒だ。

状態はまったく改善されてなかったが、進行は一頃ほど急激ではなくなっていた。

眼下では、アブラムシか何かのように、車がのろのろ走っている。這っている、という感じか。それを見ながら、もうじき涼子の一周忌だと考えていた。あの事故から一年。他の平穏な日常を生きている人間にとっては、何と言うこともなく、すんなりと過ぎ去ってくれたであろう一年。……

涼子は死んで、俺はこんな有様だ、と、私は何度となく胸の内で繰り返した。

外にでも出ようと思ったのは、多分、そのせいだろう。

私は自宅近くの公園まで歩いた。半日がかりの遠出の覚悟だった。子供連れの家族がいた。週末だった。縄跳びをしている女の子が二人。月の上でジャンプしているかのように軽やかだった。私は、その縄の一周に時計的なものを感じた。彼女たちが、難なくそれを跳び越えられることを心の中で祝福した。

私は、既に散り始めている桜の樹(き)の下のベンチに寝転がった。ジャージの上下にサンダル履きで、ベージュのトレンチコートを引っかけていた。風呂にも入っておらず、髪も髭(ひげ)も伸び放題だったから、ホームレスと思われただろう。実際、遠からずそうなる。

私は花見に興味がなかった。桜の花を一度も見ないまま過ごした春が、数え切れないほどある。しかし、マンションの自室から下を見ていた時、私の心を捉(とら)えていたのは、このたった一つのベンチだった。

風に煽られて、無数の花びらが一斉に散った。枝には、今にも新芽が出そうな気配がある。

花びらは、宙で静止しているかのようだったが、目を凝らすと、微(かす)かに落下は続いていた。

私は少しがっかりした。さぞや壮麗な光景だろうと期待していたが、青空に透かすと、雪と同じで、花びらは薄汚かった。それでも、十年近くに感じられていた私のこの長い一年で、この時ほど穏やかな気持ちになったことはなかった。

恐らく、私が普通の時間への復帰を、完全に諦(あきら)めたからだろう。

私は、ある仕方で、涼子という人間を改めて理解しつつあった。

凡庸な思想は、人間の唯一性への憧(あこが)れを唆(そそのか)し、交換可能性にヒステリックに抵抗する。しかしその実、愛とは、誰でもよかったという交換可能性にだけ開かれた神秘ではあるまいか？

最も遠い行為のようだが、芝居にも愛と同様に、そういうところがある。

私は特殊すぎる。恐らく、涼子も特殊すぎた。

記憶の遠い彼方(かなた)で、涼子は既に幽(かす)かだった。しかし、命日に臨みながら、私はその幽かな彼女に近づきつつある気がしていた。

このテンポで今後も生き続けるのであれば、それでいいと思った。同じくらい静かな諦念で、このまま死ぬなら死ぬでもいいと思った。ただ、この世界が完全に停止して、それでも自分の意識が続いているというのは、恐ろしかった。体は動かないだろう。そのままというのは。……

私は、鼻先一メートルほどに見つけた一枚の花びらを見ていた。少しずつ翻りながら、私の方に落ちてくる。それは、淡いピンク色に見えた。

花びらは、揺れる度にその速さを微妙に変化させていた。私は、口を開けた。この花びらを食べられれば、自分は元に戻れるのではないかと、他愛もないことを考えた。

待つということが、私の今の生だったが、それにしても長い時間だった。花びらは、幾らか脇に逸れながらも、本当に口に落ちた。私は久しぶりに微笑み、奇蹟の到来を予感して、全身に鳥肌を立たせた。口の中に消え、舌に触れる繊細な感覚に全神経を集中させた。

呑み込むと、私は興奮を抑えきれずに頭上に目を遣った。

花びらの落下は、相も変わらず、遅々たるものだった。

落胆して、私は目を瞑った。この世界を見さえしなければ、私は自分の時の流れをただ静かに生きることが出来る。ただ、瞼が遮りきれなかった空の明るさだけを感じながら。涼子との記憶の断片には、真っ当な時間が流れている。それと一つになればいい。融け合えば。

「何してるんですか、こんなところで？」

呼びかけられて、私は目を開いた。その声が、普通の速さで聞こえた気がして驚いた。

スーツを着た女が、顔を覗き込んでいる。それが誰なのか、私は最初、わからなかった。

「涼子の姉です。未知恵です。忘れましたか？」

また、普通にそう聞こえた。それで私は夢だと思った。ベンチであのまま、寝てしまったのだった。

「もちろん、覚えてます。」

しかし、たったそれだけ答えるのに、私は甚だ難儀した。夢ならそうじゃないはずである。それでも、久しぶりに人と喋って、幾らか状態が良くなったように感じた。涼子の姉は、私の様子を異様に感じただろう。私は、起こしてほしいと頼んだ。汚い体だったが、彼女は手伝ってくれ、そして、立ったまま一方的に喋り始めた。

彼女の話は、色んな意味で興味深かった。まず、私についての噂。「鬱病」とされているのは想像通りだったが、「廃人」という古風な表現には、心を動かされた。まだそんなふうに噂してくれる人がいるのかと、うれしくさえなった。そして、世間ではたった一年しか経っていないのだと改めて意識した。

しかし、彼女が私を訪ねた理由は、更に珍妙だった。私が「涼子の霊に取り憑かれている」と聞いたからだという。

さすがに私は笑った。表情もそれについて来たのではないか。彼女の話は、比較的聴き取りやすかったが、多分、興奮して早口になっていたからだろう。私は身振りからそれを察して、その私にとっての「好都合」をおかしく感じた。

本当にそんな噂があったのだろうか？　今に至るまで、私はこの話を彼女からしか聞いたことがないが。

彼女は続けて、私は死んだ妹の分まで精一杯生きなければならない、それが何よりの供養になる、と隣に座って熱心に諭した。それから、あの時はあんなふうに言って悪かったが、妹は決して幸せな死に方をしないと思っていたと、唐突に涼子を詰り始めた。きれいだったばっかりに、周りからチヤホヤされすぎただとか、自分をしっかり持ってなかったとか、だから、自信がなくて不安になりがちで、いつも人を頼ってばかりで、とか、……

当然のように、私は途中で集中力を失った。その浅薄な分析が、正鵠を射ているとは思わなかったが、なぜか言葉と共に涼子の姿がありありと浮かび上がってきた。不思議な作用だった。

そして、初対面の時の印象通り、まるで正反対のようなこの姉は、どこか涼子に似ているところがあった。私はそれを率直に伝えたが、彼女は気色ばんで否定した。自分は涼子のように容姿に恵まれたわけではないから、その分、内面的な美しさを求めて生きてきたし、人との絆を大切にしてきたし、妹にも本当はそうあってほしかった、云々。

私は、流石にそれを字義通りには受け取らずに、幾分深読みした。言わんとするところというより、なぜそれを私に訴えるのかと。

私は、遺伝子の発現の皮肉を思った。しかし、この姉妹の肉体が入れ替わっていたなら、未知恵は恐らく、涼子のような女になっていただろう。涼子がこうなっていたとは、思いたくなかったが。

私はそれでも、未知恵の親身さに、次第に心を絆されていった。これは、私がこの状況から脱出するための最後のチャンスかもしれない。私は思いきって、「助けてください。」と言った。彼女は面喰らった様子だったが、話も聞かぬうちから、「わたしはあなたを見捨てません。妹の分まで、あなたにはしっかり生きてもらいたいから。」と手を取って言った。

私が自分の身に起きていることを説明したのは、そのあとだったと思う。なぜならその間も、ずっと彼女に手を握られていたから。

その八【命日】

未知恵は、私の生活のすべてを支配するようになった。私のマンションには電気とガスが戻り、ゴミだらけで荒れ放題だった部屋は掃除され、整理整頓された。食事は勿論のこと、入浴の手伝いから髭剃りまで、何もかもしてくれた。毎日、私の家に通いつめ、やがて一緒に住むようになった。

彼女はじきに、特殊な口述筆記係となった。私が一言二言を口にする。すると、彼女はワープロソフトの変換候補のように、次々と続きを口にする。「明日、渋谷……」と言えば、「明日、渋谷のBunkamuraの本屋に行きたい、違う？　写真集でも買ってくる？　画集？　ヴィロンでサンドイッチ買ってくる？　そう？」といった具合に。

大いに助かっている。

涼子のことは、あれ以来、一度だけ話した。

丁度、彼女の一周忌の命日に、私は未知恵に頼んで、成田空港に連れて行ってもらった。午前中、都内で法事が執り行われたが、それには出席せず、午後、上野から京成スカイライナーに乗った。

私の時間感覚は、改善の兆しを見せていた。未知恵の存在のお陰だった。四十分少々という成田空港までの乗車時間は、半日程度に感じられた。私は、車窓の風景の思いがけない速さに、心を躍らせた。私はまた電車に乗りたいと思った。

空港第一ターミナルの到着ロビーで、私は長い間、外を眺めていた。

あの日、神秘的な判じ絵のように私の前に差し出されていた天気雨の景色。

その雨脚は、不気味なほど遅かった。私には、見えていたのだった。しかし、その徴候には、どうしても気づくことが出来なかった。


コペンハーゲンからの飛行機が到着して、スーツケースを押す旅行客たちが、手荷物受取所から溢れ出してきた。

やがて、人混みの中から一人の男が、私たちに近づいてきた。

「都内まで、15000円でどうですか？　お二人だから、一人7500円。普通は20000円はします。」

私は、眩暈に襲われて、男の足許から頭の先まで視線を這わせた。今度は若い死に神だった。

「……車は？」

「車はプリウスです。」

しかも、環境問題か、ガソリン代に関心がある死に神らしかった。

高速を走り出してから、私は遥か昔の記憶に立ち返ろうとしていた。

《サド侯爵夫人》のパリでの失敗。懐かしい思い出だった。あの時、舞台で、あの陰惨な牢獄から一人駆け出した涼子。……

未知恵は私に絶え間なく何かを話しかけていた。私は、涼子の沈黙を愛おしんだ。そして、膝の上に彼女の肉体の重みを取り戻そうとした。あのジーパン越しの柔らかい太腿の熱。香水と溶け合った肌の匂い。私の愛した乳房。未知恵の体にはない二つのホクロ。私の頭を掻き抱くあの腕の力。……

涙ぐんで、記憶を抱き締めようとする私を、未知恵は哀れみ、蔑むような目で見ていた。

天気雨の中、白髪のベレー帽の男に瞋恚が憑いた。車は暴走する。涼子の口唇が永遠のように長い時間をかけて私に迫ってくる。その途中で、微かに彼女は首を振った。

私はそのことに、長い時の旅路の果てで、初めて気がついたのだった。

――

大野は、まとめた原稿をTと依田夫人とに送信した。Tを通じて、夫人から改めて面会の申し入れがあったので、最初と同じ西新宿のホテルの、レストランではなく、ロビーのカフェで約束した。

彼は、Tに別個に連絡して、夫人と会う一時間前に来て欲しい旨を伝えた。先に話しておきたいことがあった。Tも、そのつもりだったらしい。

「……どう思いました？」

「ありがとうございました、本当に。もう、よく意図を汲んでくださって。」Tは両手をテーブルについた。

「誰の意図ですか？」

「依田さんと奥様、両方のです。ついでにわたしの意図も。」

大野は、眉間に皺を寄せて、しばらく黙っていた。

「僕は正直、今でもわからないです。特に、〈その七〉、〈その八〉で唐突に奥さんが出て来る辺りから。『特殊な口述筆記係』って件、あったでしょう？……ああ、そこです。基本的にこれって、そういう形の聞き書きですよね？」

「大分、大野さんの方でニュアンスを汲んで、書き足したりしてくださってますよね。依田さんの真意は伝わると思います。」

「いや、だから、何が真意なんですか？　要するに、——これは依田さんからのSOSですか？　あの奥さんの『支配』から抜け出したいっていう、……僕の邪推ですか？　最後は美談として纏めるべき話だったんですか？」

「いや、奥様が今、いらっしゃらなくなったら、依田さんの生活は成り立ちませんよ。絶対、無理です。」

「奥さんについて、ところどころかなり悪く書いてありましたけど、こう言うのって、あの奥さんが『あなた、こう思ってるんでしょ？』とか言いながら口述筆記してるんですか？」

大野は、さすがに呆れたように尋ねた。Tは例によって、困ったような顔をした。

「そうでしょう。でも、『大いに助かっている。』って書いてありましたし。」

「なんか、いかにもとってつけたような言葉でしたよ、あれも。依田さんが目の前の奥さんに気を遣って言ったのか、奥さんが勝手に書き加えたのか、……残しましたけど、一応。」

大野は、またしばらくペリエを飲みながら黙っていた。Tもコーヒーを啜った。

「奥さんは、何を考えて依田さんの世話をしてるんですか？　公園で『わたしはあなたを見捨てません。』と言ったって辺り、すごく唐突ですよ。『サド夫人ルネは、夫のいる牢に向かって脱獄しようとする』存在ってありましたけど、そういう、……」

「でも、わたしはわかる気がします。」

「わかる？」

「涼子さんへの復讐ですよ。」

大野は、その断言する口調に唖然とした。Tは、どんな時でも作家としての彼に最大限の敬意を払う人だった。しかし今は、女として、彼の鈍感さを憫笑している様子に見えた。彼はそれでも、Tの言うことが正しいのかどうか、わからなかった。

「あの姉妹のことは前から知ってました？」

「お二人の関係は、……そんなには。」


　未知恵夫人は、時間通りに現れたが、二人が既に飲み物を空にしているのを目にして、笑顔を硬くした。大野の顔をちらと見て、すぐにTに、「すみません、わざわざお時間を取っていただいて。」と言った。

　大野は、自分の草稿は受け容れられないだろうと思っていた。恐らく立腹している。彼なりに依田の心情を忖度したが、それが夫人の意に沿わないことは想像がついた。拒絶されて、それでこの話はお仕舞いだろう。むしろその方が清々するとも思っていた。

が、依田夫人の反応は、まったく意外だった。

「大野さん、本当にありがとうございました！　素晴らしかったです！　依田ももの すごく喜んでいます。」

大野は、無意識にTを一瞥(いちべつ)した。その目の動きに、夫人は敏感だった。

「どこか気になるところはありませんでしたか？」

「いえ、もう、このままで発表してください。」

読んでないんじゃないかと、大野は初対面の時と同様に思った。依田も喜んでいる というのは本当だろうか？　全部、読み聞かせたということなのか？

依田夫人は、たったそれだけを言うと、沈黙に耐えかねたように、Tと、依田の戯 曲の海外版権について相談し始めた。丸眼鏡のTは、顎(あご)に梅干しの種を作って、親身 にその相談に乗っていた。

一時間ほどその店にいた。その間、大野は口を開かず、依田夫人からも話しかけら れなかった。

ウェイターが、四度目にコーヒーのお代わりを注ぎに来た時、そろそろということになった。大野は、この際だからと、最後に一番わからないことを率直に尋ねた。

「この原稿を公表する未知恵さんの意図は何なんですか？」

依田夫人は、口許を一瞬、引き攣らせて目を瞠った。そして、笑顔ではあったが、強い口調で言った。

「わたしに意図なんかありません。ただ、依田の役に立ちたいだけですから。あくまで依田の仲介です。あんなに才能のある人なんですよ。」

大野は、しばらく彼女の目を見つめていた。しかし、根負けして、初めて自分から逸らしてしまった。彼は急に、自分が酷く幼稚な偏見を持っていたのではという思いに駆られた。一番確かな事実は、彼女が依田の面倒を看ているという、そのことだった。献身的に。そして、草稿の内容を思い返して、何箇所かは書き直すべきではないかと内省した。

彼は、小さく頷くと、もう一つ尋ねた。

「依田さんは、この話をご自分で戯曲にされたりしないんですか？　口述筆記は出来るんでしょう？」

依田夫人は、今度は心底驚いたように、破顔して、

「出来るわけないいじゃないですか、あの人に！」と周りが振り返るほど声を高くした。

そして、こう続けた。「実は、大野さんにご挨拶したいからって、今日は依田が来てるんです。」

「来てるって、……ここにですか？」

「下の駐車場にいます。車の中に。」

大野が戸惑っている間に、Tが、

「ええ！　呼んでくだされればよかったのに。一人で車で待ってらっしゃるんですか？」と声を上げた。

「大丈夫です。大野さんのお時間さえあれば、是非、会ってやっていただけませんか？」

「それは、もちろん、……是非。」

地下三階の駐車場は、もう日が暮れた地上とはまた違った暗さだった。ベンツが停まっていた。後部座席に人影がある。

依田だった。まっすぐ前を向いて、微動だにせず座っている。大野は固唾を呑んだ。夫人がドアを開けて、彼を抱きかかえて外に立たせた。大野もTも手伝おうとしたが、その余地はなかった。

別人のように瘦せこけている。ジャケットにピンクの明るいシャツを着ていたが、依田の趣味とは思えなかった。

「ご無沙汰してます。」

大野が頭を下げると、依田は、ふらっと握手を求めて手を差し伸べた。そして、「ありがとう。元気そうだね。」と言った。

依田の虚ろな眸は微動していた。大野は夫人の眼差しを感じながら、「あれで良かったのでしょうか？」と努めて短い言葉で尋ねた。

依田は真剣に大野の口許を見ていたが、さほど奇妙でもない間で言った。「ええ。ありがとう。」

大野には、その声はやはり遠く感じられた。しばらく黙っていたあとで、大野は、思わず尋ねた。

「依田さん、……今僕に会って、喋っているこの一、二分のやりとりは、どれくらいに感じられてるんですか？」

Tは緊張した面持ちだったが、夫人は傍らで笑顔だった。依田も微かに笑ったように見えたが、気のせいだったかもしれない。瘦けた頬を静かに持ち上げてから、依田は、

「二時間くらいです。」

と言った。

参考文献

火色の琥珀

『暗夜』十字架の聖ヨハネ著、山口・女子カルメル会改訳、ドン・ボスコ社

Re：依田氏からの依頼

『追悼の政治』エルンスト・ユンガー著、川合全弘編訳、月曜社
『大理石の断崖の上で』エルンスト・ユンガー著、相良守峯訳、岩波書店
『現象学と政治』小野紀明著、行人社
『シュトックハウゼン音楽論集』シュトックハウゼン著、清水穣訳、現代思潮社

この作品は平成二十六年六月新潮社より刊行された。

著者紹介

平野啓一郎（ひらの・けいいちろう）

Twitter: @hiranok
https://twitter.com/hiranok
公式 HP: https://k-hirano.com/

1975年、愛知県生れ。北九州市で育つ。京都大学法学部卒。大学在学中の'99年、「新潮」に投稿した「日蝕」により芥川賞を受賞。以後、数々の作品を発表し、各国で翻訳されている。2004年、文化庁の「文化交流使」として一年間、パリに滞在。'08年からは、三島由紀夫文学賞選考委員、東川写真賞審査員を務める。美術、音楽にも造詣が深く、幅広いジャンルで批評を執筆。国立西洋美術館で「非日常からの呼び声」展のキュレーションをした。'09年以降、日本経済新聞の「アートレビュー」欄を担当。

著書に、小説『葬送』、『滴り落ちる時計たちの波紋』、『決壊』(芸術選奨文部科学大臣新人賞受賞)、『ドーン』(Bunkamuraドゥマゴ文学賞受賞)、『かたちだけの愛』、『空白を満たしなさい』、『透明な迷宮』、『マチネの終わりに』、エッセイ・対談集に『私とは何か 「個人」から「分人」へ』、『「生命力」の行方〜変わりゆく世界と分人主義』などがある。


【平野啓一郎と直接交流ができるメールレター】

最新情報や作品の裏話など本人よりメールにてお届けします。小説のご感想もぜひお寄せください。こちらからご登録いただけます。

http://hiranokeiichiro.web.fc2.com/mailmagazine/

平野啓一郎著　日蝕・一月物語　芥川賞受賞
崩れゆく中世世界を貫く異界の光。著者23歳の衝撃処女作と、青年詩人と運命の女の聖悲劇。文学の新時代を拓いた2編を一冊に！

平野啓一郎著　葬送　第一部（上・下）
ロマン主義全盛十九世紀中葉のパリ社交界を舞台に繰り広げられる愛憎劇。ドラクロワとショパンの交流を軸に芸術の時代を描く巨編。

平野啓一郎著　葬送　第二部（上・下）
二月革命が勃発した。七月王政の終焉、共和国の誕生。不安におののく貴族、活気づく民衆。時代の大きなうねりを描く雄編第二部。

平野啓一郎著　顔のない裸体たち
昼は平凡な女教師、顔のない〈吉田希美子〉の裸体の氾濫は投稿サイトの話題を独占した……ネット社会の罠をリアルに描く衝撃作！

平野啓一郎著　決壊（上・下）　芸術選奨文部科学大臣新人賞受賞
全国で犯行声明付きのバラバラ遺体が発見された。犯人は「悪魔」。'00年代日本の悪と赦しを問うデビュー十年、著者渾身の衝撃作！

瀬戸内寂聴著　夏の終り　女流文学賞受賞
妻子ある男との生活に疲れ果て、年下の男との激しい愛欲にも充たされぬ女……女の業を新鮮な感覚と大胆な手法で描き出す連作5編。

透明な迷宮

新潮文庫　ひ－18－13

平成二十九年一月一日発行
令和五年一月三十日二刷

著者　平野啓一郎

発行者　佐藤隆信

発行所　株式会社新潮社

郵便番号　一六二—八七一一
東京都新宿区矢来町七一
電話　編集部(〇三)三二六六—五四四〇
読者係(〇三)三二六六—五一一一
https://www.shinchosha.co.jp

価格はカバーに表示してあります。

乱丁・落丁本は、ご面倒ですが小社読者係宛ご送付ください。送料小社負担にてお取替えいたします。

印刷・大日本印刷株式会社　製本・株式会社植木製本所

ISBN978-4-10-129043-0 C0193